Guy de Maupassant

Cuentos Fundamentales

Selección y prólogo de Federico Von Baumbach

Colección *Filo y contrafilo* dirigida por
Adrián Rimondino y Enzo Maqueira.

Ilustración de tapa: Fernando Martínez Ruppel.

Cuentos Fundamentales
es editado por
EDICIONES LEA S.A.
Av. Dorrego 330 C1414CJQ
Ciudad de Buenos Aires, Argentina.
E-mail: info@edicioneslea.com
Web: www.edicioneslea.com

ISBN 978-987-718-504-1

Primera edición. Impreso en Argentina.
Julio de 2017. Talleres Gráficos Elías Porter.

Maupassant, Guy de
    Cuentos fundamentales / Guy de Maupassant. - 1a ed . - Ciudad Autónoma
de Buenos Aires : Ediciones Lea, 2017.
    224 p. ; 23 x 15 cm. - (Filo y contrafilo ; 49)

    ISBN 978-987-718-504-1

    1. Literatura Clásica. 2. Cuentos Clásicos. 3. Literatura Francesa. I. Título.
    CDD 843

Introducción

"Tengo miedo de mí mismo, tengo miedo del miedo, pero, ante todo, tengo miedo de la espantosa confusión de mi espíritu, de mi razón, sobre la cual pierdo el dominio y a la cual turbia un miedo opaco y misterioso", confesó cerca del final de su vida una de las figuras literarias más importantes del siglo XIX, Guy de Maupassant.

Cuentos Fundamentales reúne una selección de relatos que transitan por las zonas más profundas del universo Maupassant: el miedo, la confusión espiritual de la razón, la sombría existencia de lo opaco y lo misterioso, la inquietud y el presagio de la desintegración interior producto de la enfermedad mental.

Esta antología de cuentos está dividida en dos ejes principales. La primera parte recopila una serie de escritos relacionados con el perfil de viajero que tenía el escritor francés ("Viaje de novios", "Viaje de salud", "Diario de un viajero"), junto con la selección de algunas de sus piezas literarias más publicadas en ediciones antológicas de cuentistas de la literatura universal, como los cuentos "Pierrot" y "Una aventura parisiense".

La segunda parte profundiza en las zonas más intimas y personales del literato: los intentos de suicidios, la locura, la etapa narrativa vinculada con la dimensión de lo sobrenatural y el género de horror, y el relato que actualmente es considerado uno de los cuentos clásicos de la literatura moderna, "Bola de sebo".

Los viajes

En 1880, Maupassant realizó una considerable cantidad de viajes y crónicas por el sur de Europa y el norte de África (continente unido argumentalmente en la representación de los relatos "Viajes de novios" y "El miedo"), en el mismo año que inicia su trayectoria de ficción, con un itinerario que suma más de trescientos relatos entre el periodo que va de 1880 a 1893 (además de seis obras de teatro, tres libros de viajes, novelas, entre las más conocidas se encuentra *Pierre et Jean*, y una antología de poesía).

África es el continente que retrata con la meticulosidad propia del realismo descriptivo, el de los sentimientos más directos y biográficos traducidos por parte de la voz del narrador, tan miméticamente cercana al perfil del autor; "Viajes de novios" y "El miedo" (publicado originalmente en 1882 en *Le Gaulois*, uno de los periódicos donde era cronista de actualidad en diferentes temas, como literatura, política y sociedad) son escritos que conducen al paisaje interior de la vida del escritor francés, el del verdadero miedo, que es algo espantoso, una sensación atroz, como una descomposición del alma, un horrible espasmo del pensamiento y del corazón.

El peso del horror despliega inicialmente su temática en la trama de "Diario de un viajero", matizado por la dimensión de lo onírico, que moldea la conformación e identidad de un género que alcanza su punto máximo en el cuento "El horla".

Viajes y viajeros constituyen zonas de encuentros errantes, extraños, donde no hay lugar o tiempo para establecer relaciones duraderas, a pesar de que el viaje representa el momento de la proximidad con el otro. Pero ese otro termina siendo la composición de un personaje de rostro grave, casi siempre pálido y de mirada penetrante, que en definitiva sólo es parte de su mundo, como la viajera nómada e insondable del relato "Encuentro".

Países, hoteles o situaciones desconocidas del ámbito de lo familiar constituyen también amenazas potenciales de enfermedades, de lo impuro, de lo que los personajes deben distanciarse como peligrosidad, en un retorno que se vuelve impostergable y apremiante hacia el hogar; así lo expresa Maupassant en "Viaje de salud".

Paso del tiempo

"Adiós" y "Una aventura parisiense" aluden a la dimensión temporal como una secuencia de la existencia y de la reflexión de la vida que conjuga lo sencillo, lo terrible e implacable, irreversible, aunque en la angustia de finitud del narrador se encuentra un tono paradójico del camino hacia la libertad.

"El pasado me atrae, el presente me asusta porque el futuro es muerte", escribió en el relato "La cabellera", con el tono de presagio que sincretiza atracción, miedo e intuición por el acercamiento del final.

El paso del tiempo despliega, también, la posibilidad de que un mismo personaje continúe de un relato a otro, como sucede con la señora Lefévre, que se traslada del relato "Adiós" a "Pierrot".

El miedo

Uno de los temas clave de esta antología es el miedo, donde la fina línea que divide la figura del narrador de la del autor se distorsiona ante el discurso de cada historia.

Así, el concepto de miedo en la narrativa de Maupassant puede traducirse y bifurcarse en tres categorías o posibles entradas interpretativas de su obra, siempre interrelacionadas: los intentos de suicidio; la visión del horror; la locura.

Fueron varios los intentos de suicidio que Maupassant tuvo durante su vida; en 1892 había intentado, dos veces y sin éxito, abrirse la garganta con un cortaplumas. "Suicidas" y "El horla" son dos de las piezas literarias que profundizan en su condición de atormentado mental que decide (o intenta) poner fin a sus días, en especial "El horla", cuento que representa uno de los momentos creativos más sublimes, cerca del epílogo de su actividad literaria.

"El horla" (título homónimo a la edición del volumen de cuentos de 1887) conjuga todos los componentes que hacen del horror un género: el monstruo que devora, tritura, desmenuza, desintegra, desmiembra, pulveriza la psiquis, el cuerpo y el ser interior del cuentista francés, acicalado en la figura de un narrador que no tiene otra alternativa, más que pensar en el suicidio.

Estructuralmente, la tensión e intensidad del relato se acentúan e hiperbolizan en el ritmo nervioso de la prosa, en la excesiva repetición de los signos de exclamación e interrogación, los incontables puntos suspensivos.

Varios críticos literarios, franceses y no franceses, coinciden en plantear que el terror de sus narraciones proviene sólo de las profundas alteraciones de su estado emocional: todo nace de su mente enferma y de su tendencia a la desintegración. Las manifestaciones del orden de lo sobrenatural se traducen y reducen al plano de las inquietudes y alucinaciones interminables, proceso y resultado de lo introspectivo.

Maupassant teorizó acerca del relato fantástico definiéndolo como una zona de ambivalencia, donde se entrecruzan el temor, el miedo y la inseguridad. Así, podríamos determinar que el concepto de lo fantástico no se define sólo desde el campo de una construcción inherente a un marco teórico; lo fantástico en Maupassant no se puede teorizar, porque en realidad es el resultado directo de su complejidad psíquica, de su traumática experiencia devenida en la presencia destructiva de lo invisible: algo causa daño, perturba, desequilibra, tensiona, altera la percepción del tiempo y del espacio, pero ese algo no se puede visualizar ni materializar. Avanza. Y sólo lo puede concebir y padecer la mente del narrador, que no es otro que el propio Maupassant.

La locura, enfermedad causante de la muerte del escritor, el otro gran tópico de su literatura y de esta antología, oscila de modo explícito entre las tramas de los cuentos de corte más autobiográfico y epistolar relacionados con este tema: "Carta de un loco", "El loco", o la sutileza de la perversión contendida en el vínculo médico-paciente en "La cabellera".

Maupassant nació un año después de la muerte de Edgar Allan Poe. Y ambos son considerados maestros del cuento de terror. Un detalle peculiar los une en sus respectivas concepciones artísticas: la obsesión por los objetos. En marzo de 1835, Poe escribe para el *Southern Literary Messenger* uno de sus primeros y más célebres cuentos, "Berenice", donde, en palabras de Cortázar, el horror se instala aquí de lleno en unas pocas páginas impecables. El objeto de obsesión en Poe, los dientes de Berenice. Un procedimiento narrativo parecido utiliza Maupassant en "La cabellera", aunque la obcecación por el cabello de una mujer funciona como detonante de toda una situación de necrofilia.

El cuento "¿Quién sabe?", escrito durante los últimos años de su vida, condensa los tormentos existenciales más terribles del escritor: los problemas nerviosos, los síntomas de demencia y pánico agudizados por el avance de la sífilis (producto de una vida sexualmente promiscua), y los abusos en el consumo de cocaína y éter, hasta el proceso de internación en la clínica parisina del doctor Blanche.

El clásico más emblemático

Cierra la presente antología de *Cuentos Fundamentales*, el primer cuento publicado por Maupassant en 1880, "Bola de sebo", que fue editado en la recopilación de relatos de corte naturalista *Las veladas de Médan*; libro que incluía a diversos escritores de la época nucleados bajo la dirección de Émile Zola y la colaboración de Henri Céard, Paul Alexis, Joris Karl Huysmans y León Hennique.

"Bola de sebo" retrata la guerra franco-prusiana de 1870, que dejó como resultado el Tratado de Fráncfort y la confirmación de la frontera entre la República Francesa y la por entonces reciente unificación del Imperio Alemán.

Pero en una lectura más fina de la trama, "Bola de sebo" representa el estado de degradación que puede alcanzarse en la condición humana, de sometimiento y humillación, en una situación rodeada de personajes/máscaras (incluso uno de sus cuentos se titula "La máscara", aunque no integra la presente recopilación). Máscaras del juego de las apariencias de los otros en función de un objetivo o interés, donde Bola de sebo termina siendo víctima de la ignominia.

El relato, adaptado al cine por Christian Jacque en 1945, marca una innovación narrativa desde el punto de vista del tratamiento literario/estético moderno: el tono de la escritura profundiza en los planos de la insinuación, de lo que no se dice directamente pero se da a entender en el núcleo de la historia, la relación consumada aunque no consentida entre una muchacha francesa (Bola de sebo) y un soldado prusiano. Y el sufrimiento de ésta después de lo ocurrido.

A nivel estructural, la tensión y el drama de la guerra conducen, se traducen y acentúan en el conflicto interior de la chica, de lo que hizo y no debería haber hecho, de la ética quebrada ante un modo de pensamiento no prostituido. Que conlleva a la indiferencia y discriminación moral de la sociedad, en la mirada de los pequeños e hipócritas burgueses.

El oficio literario

Henry René Albert Guy de Maupassant nació en 1850 en el castillo de Miromesnil (comuna francesa de Tourville-sur-Arques), en el distrito de Dieppe, localidad que aparecería tiempo después como parte del paisaje de su primer cuento, "Bola de sebo".

Si bien en 1869 se matriculó en Derecho en la Universidad de París, la carrera universitaria se truncó al tener que revistar como soldado en el contexto de la guerra franco-prusiana de 1870. Otras versiones biográficas aseguran que el distanciamiento de la carrera de Derecho se produjo como resultado de las malas administraciones económicas familiares y la compleja relación con su padre, Gustave de Maupassant.

Durante los primeros treinta años de su vida, trabajó como funcionario en varios ministerios, hasta que la publicación de "Bola de sebo" en 1880 le abrió el camino a la dedicación definitiva al oficio literario.

Gustave Flaubert fue una figura clave en la vida de Maupassant, con influencias de formador potenció su talento como escritor. El autor de cuentos memorables como "El horla" o "Quién sabe" siempre lo admiró y se consideró su discípulo (aunque no le gustaba considerarse discípulo de nadie o perteneciente a ninguna escuela).

A partir del vínculo con el creador de *Madame Bovary* conoció a Émile Zola (incluido en esta antología como personaje del cuento "Una aventura parisiense") e Iván Turgénev.

Sin olvidarnos de la imagen del poeta francés Louis Bouilhet, también de fuerte presencia: "Hay dos hombres que con sus enseñanzas sencillas y luminosas me han proporcionado esta fuerza de intentarlo todo: Louis Bouilhet y Gustave Flaubert", escribió Maupassant.

Y en el campo de las ideas filosóficas, Schopenhauer, que aparece como personaje en el cuento "Junto a un muerto". Además, Alejandro Dumas, Émile Zola y Voltaire son otros de los escritores que figuran en las ficciones "Una aventura parisiense" y "El horla".

La búsqueda de originalidad, el trabajo en relación con la forma y estructura del texto, la meticulosidad en la corrección, la precisión de la palabra adecuada, del verbo apropiado y el adjetivo correcto en el procedimiento de la composición literaria fueron aspectos centrales que Maupassant aprendió de su maestro Flaubert.

El talento, según la mirada del autor, procede de la originalidad y de la apertura a un modo de pensar, de ver, de comprender y de juzgar: la libertad del artista. De este modo, los personajes son modelos de máscaras que maquillan la verdadera personalidad del literato francés, pero en el ocultamiento se muestra y manifiesta el sufrimiento (¿sufrimiento libertario quizá?, que padecía su mundo más íntimo).

La ficción funciona como radiografía de su vida, otorgándole verosimilitud a lo verdadero. Aunque Lo verdadero puede, a veces, no ser verosímil.

Joseph Prunier, Guy de Valmont y Maufrigneuse son algunos de los seudónimos con los que Maupassant escribió para periódicos de la época, entre los que podemos mencionar el ya citado *Le Gaulois*, *Gil Blas* y *Le Figaro*.

La impronta y trascendencia del creador de "Bola de sebo" en el campo de la cuentistica alcanzó la admiración y el reconocimiento de literatos de la altura de Antón Chejov, León Tolstoi, Horacio Quiroga y Julio Cortázar.

"El verdadero miedo es algo así como una reminiscencia de los terrores fantásticos de otros tiempos", escribió Maupassant en el relato *El miedo*.

El miedo, con las herencias de una enfermedad psíquica imparable, finalmente lo devoró hasta enloquecerlo por completo en 1892.

Murió en julio de 1893, y su cuerpo fue enterrado en el cementerio de Montparnasse, París.

Cuentos Fundamentales

Encuentro

Los encuentros constituyen el encanto de los viajes. ¿Quién no siente alegría de un encuentro inesperado, en mil lugares del país, con un parisino, un compañero de colegio, un vecino del campo? ¿Quién no ha pasado la noche con los ojos abiertos, en la incómoda diligencia que discurre por unas comarcas donde el vapor es todavía ignorado, al lado de una muchacha desconocida, entrevista solamente a la débil luz de la lámpara, desde que ella sube al coche ante la puerta de una blanca casa de un pueblo? Y a la mañana siguiente, cuando el espíritu y los oídos están entumecidos del continuo tintineo de los cascabeles y de la estruendosa vibración de los cristales, qué encantadora sensación al ver la belleza a nuestro lado desgreñada, abrir los ojos y examinar a su vecino; poder ofrecerle mil servicios y escuchar su historia que ella siempre narra cuando se encuentra bien. Y cómo uno se extasía también sin ningún sentido, al verla descender ante la barrera de una casa de campo. Parece captarse en sus ojos, cuando esta amiga de dos horas nos dice adiós para siempre, un atisbo de emoción, de nostalgia, ¿quién sabe?... Y aquel buen recuerdo se conserva hasta la vejez en esos frágiles recuerdos de los viajes.

Al sur, bien al sur, todo el extremo de Francia es un país desierto, pero desierto como las soledades americanas, ignorado por los viajeros, inexplorado, separado del mundo por unas cadenas montañosas en las que están asiladas unas aldeas a los márgenes de un gran río, El Argens, al que ningún puente atraviesa. Toda esta comarca de montaña es conocida bajo el nombre de "Macizo de los Maures". Su verdadera capital es Saint Tropez, ubicada en el extremo de esta tierra perdida, al borde del golfo de Grimaud, en la más bella de las costas de Francia.

Apenas hay algunos pueblos sembrados en toda esta región, que la vía del ferrocarril evita dando un enorme rodeo. Dos caminos tan solo penetran y se aventuran por estos valles frondosos, por unos grandes bosques de pinos donde abundan, dicen, los jabalíes. Se hace imprescindible franquear unos torrentes vadeándolos, y se puede caminar durante dos jornadas enteras por las hondonadas y las cimas, sin percibir una cabaña, un hombre o un animal, pero puede uno enloquecer con los macizos exuberantes de flores silvestres como en los jardines.

Fue en este entorno donde encontré a la más singular y al mismo tiempo siniestra viajera que he conocido.

Yo ya la había observado sobre el puente de un pequeño navío que iba de Saint Raphael a Saint Tropez.

Era vieja, de setenta años por lo menos, grande, seca, angulosa, con unos cabellos blancos en tirabuzón sobre sus hombros, siguiendo los cánones de una moda antigua; vestida como una inglesa errante, torpe y extraña. Se encontraba en la proa del vapor con la mirada fija en la costa arbolada y sinuosa que discurría a nuestra derecha. El barco cabeceaba; las olas golpeaban y lanzaban un chorro de espuma sobre el puente; pero la anciana no se preocupaba en absoluto de las bruscas oscilaciones del navío ni de las salpicaduras de agua salada en su cara. Permanecía impasible, ocupada solamente del paisaje.

Cuando el barco llegó a puerto, la mujer descendió teniendo por todo equipaje una simple maleta que llevaba ella misma.

Tras una mala noche en un albergue del lugar, llamado pomposamente "Gran Hotel Continental", un ruido de trompetas me hizo descorrer las cortinas de mi ventana y vi pasar, al trote de cinco rocines, la diligencia de Hyères, que llevaba sobre el imperial a la flaca y severa viajera de la embarcación.

Una hora más tarde yo seguía a pie los bordes del magnífico golfo para ir a visitar Grimaud. El camino ladeaba el mar y al otro lado del agua se percibía una línea ondulada de altas montañas vestidas de bosques de coníferas. Los árboles descendían justo al nivel del mar, semejando una larga playa de arena de un verde pálido.

Más tarde entraba en los prados, atravesaba unos torrentes, y vi serpentear alguna culebra. Subí a un montículo con la mirada fija sobre las escarpadas ruinas de un antiguo castillo que se levantaba en esa cima, dominando las casas que se acurrucaban bajo su pie.

Este es el viejo país de los Maures. Aquí se encuentran sus antiguas residencias, sus pórticos, su arquitectura oriental. Aquí quedan todavía unas construcciones góticas e italianas a lo largo de las rápidas calles, como senderos de montaña, empedradas con unos guijarros afilados. Aquí están cerca los campos de áloes en flor. Las monstruosas plantas dirigen hacia el cielo su ramo colosal, floreciendo apenas dos veces por siglo y que, según los poetas, qué bromistas, estallan como una salva de aplausos.

Aquí hay, altas como árboles, vegetaciones extrañas, erizadas, parecidas a serpientes, y unas palmeras seculares.

Entré en el recinto del amplio castillo, semejante a un caos de rocas desprendidas. De repente, bajo mis pies, se abría una estrecha escalera que se dirigía bajo tierra. Descendí y penetré de súbito en una especie de cisterna, en un lugar sombrío y abovedado, conteniendo un agua clara y fría, abajo, al fondo, en un hueco del suelo.

Alguien se dirigía hacia mí en medio de las tinieblas de este pozo. Reconocí a la mujer que vi en el pueblo por la mañana; después algo blanco pasó junto a su cara; me pareció que era un pañuelo. En efecto, ella lloraba en soledad.

Me habló, avergonzada de haber sido sorprendida.

—Sí, señor, lloro... no suelo hacerlo con frecuencia. Quizás este orificio lo ha provocado.

Emocionado, traté de consolarla con vagas palabras, con alguna banalidad.

—No se moleste —dijo ella—. No puede hacer nada por mí. Soy como un perro perdido.

Y allí me contó su historia, bruscamente, como si brotase un eco de su desgracia.

—Yo fui una mujer feliz, señor, y tengo muy lejos de aquí un hogar, pero no quiero regresar... tanto es el dolor de mi corazón. Tengo un hijo. Está en las Indias. Si lo viese no lo reconocería. Apenas lo vi en toda mi vida. Casi no recuerdo su figura desde que tenía seis años de edad.

”A los seis años me lo arrebataron; lo internaron en un pensionado. Venía dos veces al año; y cada vez yo me asombraba de los cambios en su persona, de encontrarlo más grande sin haberlo visto crecer. Me robaron su infancia y todas las alegrías de ver crecer a ese pequeño ser salido de mí.

”A cada una de sus visitas, su cuerpo, su mirada, sus movimientos, su voz, su risa, no eran las mismas, no eran las mismas. Un año se dejó crecer la barba;

yo quedé estupefacta y triste. Apenas ya me atrevía a abrazarlo. ¿Era este mi hijo, mi pequeñín rubio de antaño, mi querido, querido niño que yo había mecido sobre mis rodillas, ese gran muchacho moreno que me llamaba gravemente 'madre' y que parecía amarme por obligación?

"Mi marido murió; después les tocó a mis padres; más tarde perdí a mis dos hermanas. Cuando la muerte entra en una familia, se diría que se despacha realizando la mayor tarea posible para no tener que regresar pronto.

"Quedé sola. Mi hijo estudiaba Derecho en París. Yo esperaba vivir y morir cerca de él. Así que partí para permanecer a su lado, pero él tenía hábitos de un joven y yo era una molestia. Regresé a mi casa.

"Después se casó. Me creí salvada pero mi nuera acabó odiándome y me volví a encontrar sola otra vez.

"Como los suegros de mi hijo vivían en las Indias y como su esposa hacía de él lo que quería, decidieron partir a vivir con ellos. Ellos lo tienen; lo tienen para ellos. Me lo han robado. Me escribía cada dos meses. Vino a verme, hace ahora ocho años. Tenía la figura arrugada y los cabellos blancos. ¿Era posible? ¿Este hombre viejo, mi hijo? ¿Mi pequeñín de entonces? Sin duda no lo volvería a ver.

"Así pues yo viajo todo el año. Voy por todos lados como usted ve, sin nadie que me acompañe.

"Soy como un perro perdido. Adiós, señor. No se quede cerca de mí. Me da apuro haberle contado todo esto".

Y como yo descendía la colina para regresar, observé a la vieja mujer de pie sobre una muralla en ruinas, mirando el golfo, el gran mar a lo lejos, las montañas sombrías y el largo valle.

El viento agitaba como una bandera debajo de su falda y el pequeño chal extranjero que llevaba sobre su flaca espalda.

Adiós

I

Los dos amigos acababan de comer. Desde la ventana del café veían el bulevar muy animado. Les acariciaban los rostros esas ráfagas tibias que circulan por las calles de París en las apacibles noches de verano y obligan a los transeúntes a erguir la cabeza, incitándolos a salir, a irse lejos, a cualquier parte en donde haya frondosidad, quietud, verdor, y hacen soñar en riveras inundadas por la luna, en gusanos de luz y en ruiseñores.

Uno de los dos —Enrique Simón— dijo, suspirando profundamente:

—¡Ah! Envejezco. Antes, hace años, en noches como ésta, el mundo me parecía pequeño, era yo capaz de cualquier diablura, y ahora sólo siento desilusiones y cansancio. ¡Es muy corta la vida!

Estaba ya un poco obeso. Tenía una esplendorosa calva y cuarenta y cinco años, aproximadamente. Su acompañante —Pedro Carnier— algo más viejo, pero también más ágil y decidido, respondió:

—Para mí, amigo mío, la vejez llegó sin avisarme; no lo noté siquiera. Yo vivía siempre alegre; siempre fui vigoroso, divertido, emprendedor, y continúo siéndolo. Como nos miramos al espejo todos los días, no advertimos los estragos de la edad, porque su obra es lenta, incesante, acompasada, y modifica el rostro de una manera tan suave, tan continua, que resulta para cada cual imperceptible; no hay en su labor transiciones apreciables. Por eso no morimos de pena, como sin duda moriríamos advirtiendo en un instante los desmoches que sufre nuestra naturaleza en dos o tres años solamente. No podemos apreciarlos. Para que uno se diese cuenta de lo que pierde, sería necesario que pasara sin mirarse al espejo seis meses. ¡Oh! ¡Qué sorpresa tan desoladora recibiría!

"¿Y las mujeres, amigo mío? Son más dignas de compasión que nosotros. Yo compadezco mucho, con toda mi alma, compadezco sinceramente a esas pobres criaturas llamadas mujeres. Toda su dicha, todo su poder, toda su gloria, todo su orgullo, toda su vida se reducen a su belleza, que dura diez años.

"Yo envejecí sin darme cuenta, me creía un adolescente aún, mientras andaba ya rondando la cincuentena. No padeciendo ningún achaque, ninguna dolencia, ninguna debilidad, vivía como siempre, dichoso y tranquilo.

"La revelación de mi vejez se me ofreció de una manera sencilla y terrible, que me dejó anonadado, aturdido, macilento durante una temporada. Luego, acabé resignándome, y aquí me tienes otra vez tan libertino.

"Como nos acontece a todos, los amores turbaron con frecuencia mi tranquilidad, pero un amor, uno principalmente, me dejó en carne viva. ¡Qué mujer aquella! La conocí a la orilla del mar, en Etretat, un verano, hará doce años aproximadamente, poco después de terminada la guerra. Nada tan delicioso como aquella playa, tempranito, a la hora del baño. Es pequeña, redonda como una herradura; la rodean altas costas blanquecinas horadadas por los rudos embates de las olas, formando esas aberturas extrañas que se llaman Las Puertas: una, enorme, avanzando en el mar su estructura gigantesca; la otra, enfrente, achatada, como si se hubiese acurrucado.

"Numerosas mujeres, formando espléndida muchedumbre, se reúnen y se apiñan sobre la estrecha extensión pedregosa que cubren de vestidos claros, convirtiéndola en un jardín cercado por altas peñas. El sol cae de lleno sobre las costas, sobre las sombrillas de brillantes matices, sobre el mar de un azul verdoso; y todo aquello es alegre, vivo, encantador; todo sonríe a los ojos.

"Plácidamente sentadas junto al agua, vemos a las bañistas. Bajan envueltas en sus peinadores de tela, que abandonan con airoso y resuelto ademán, en cuanto llegan a la franja espumosa de las olas tranquilas. Entran en el mar, avanzando rápidamente, hasta que un estremecimiento frío y delicioso las detiene y las turba un instante, produciéndoles una breve sofocación.

"Pocas bellezas resisten al examen que permite un baño. Allí se las juzga, se las analiza desde los pies hasta el pelo. Sobre todo, la salida es terrible, porque descubre todas las imperfecciones, aun cuando el agua de mar es un poderoso remedio para las carnes lacias.

"La primera mañana que vi en el baño a la mujer que debía enamorarme como ninguna, me dejó ya encantado y seducido. Sus líneas eran perfectas y sus formas bien pronunciadas y firmes. Además, hay rostros cuyo encanto nos penetra y nos domina bruscamente, invadiéndonos, conquistándonos de pronto. Imaginamos que aquella mujer es la que debe hacernos felices, que sólo nacimos para quererla y adorarla. En aquel momento sentí esa extraña sensación, esa violenta sacudida que nos dice: "Aquí está la única, la deseada".

"Me hice presentar a ella, y rápidamente me hallé apasionado como nunca —ni hasta entonces, ni después— lo estuve. Sus encantos me abrasaban el corazón.

"Es a un tiempo delicioso y terrible verse de tal modo poseído, dominado por una mujer. Es casi un suplicio, y asimismo es una dicha incomparable. Su mirada, su sonrisa, los cabellos de su nuca oscilando traviesos, los menores detalles de su rostro, sus gustos más insignificantes me desconcertaban, me arrebataban, me enardecían. Ella era mi dueña, mi voluntad era suya y suyo todo mi ser; me atraía, esclavizándome, con sus palabras, con sus ojos, con sus ademanes, hasta con sus vestidos y con sus adornos; todo lo que la hermoseaba, ejercía sobre mí una influencia diabólica.

"Me hacia suspirar su velo puesto sobre un mueble, me desconcertaban sus guantes abandonados sobre un sillón. La elaboración y la elegancia de sus vestidos me parecían inimitables. Ninguna mujer llevaba sombreros como los suyos.

"Era una mujer casada. Su marido iba todos los sábados a verla para volverse los lunes. Aquellas visitas no me apuraron: vi siempre al marido con la mayor indiferencia. No me daba celos. Ignoro el motivo; pero jamás hombre alguno de los que traté influyó tan poco, tuvo tan poca importancia en mi vida, ni ocupó menos mi atención.

"¡Cuánto la quería! ¡Qué apasionado estaba yo por aquella mujer! ¡Qué bonita era! ¡Qué graciosa! ¡Qué joven! Era la juventud, la elegancia, la frescura misma. Nunca pude convencerme, como entonces, de que la mujer es una criatura deliciosa, fina, elegante, delicada, hecha con todos los encantos y todos los primores. Nunca pude convencerme, como entonces, de la belleza seductora encerrada en la curva de una mejilla, en el rictus de unos labios, en los repliegues de una oreja, en la forma del órgano estúpido que se llama nariz. Duró tres meses, al cabo de los cuales me fui a los Estados Unidos con el corazón traspasado. Su recuerdo no me abandonaba, persistente y triunfante.

"Aquella mujer me poseía de lejos como de cerca me había poseído. Pasaron los años, pero no la olvidé. Su encantadora imagen se ofrecía constantemente a mis ojos, no se borraba ni un solo instante de mi pensamiento. Aquel amor inextinguible me dominaba; era un cariño constante y fiel, una ternura tranquila, como la memoria venerada y dulce de lo más hermoso, de lo más encantador que había conocido yo en mi vida.

II

"¡Doce años representan muy poco en la existencia de un hombre! Tanto es así que apenas podemos darnos cuenta de que pasan. Uno tras otro, los años transcurren a la vez apacible y atropelladamente, lentos y precipitados; parecen interminables y se acaban enseguida. Se van sumando con tanta rapidez, se empujan y suceden de tal modo, que no dejan casi un rastro perceptible. Desvanecidos a la sombra de nuestros deseos, de nuestros afanes, pasan de continuo. Y si queremos volver atrás los ojos para discurrir acerca del tiempo que ha pasado, no podemos darnos clara explicación de cómo envejecimos. La vejez sorprende al hombre un día, y el hombre se pregunta de dónde sale aquella triste compañera, que no le abandonó un solo instante.

"Al cabo de doce años, me pareció que habían pasado sólo algunos meses desde aquel verano delicioso en la encantadora playa de Etretat. De regreso en París, un día de la última primavera, me fui a Maisons-Lafitte, para comer con unos amigos. En la estación, casi al momento de ponerse en marcha el tren, subió al vagón una señora obesa, escoltada por cuatro niñas. Apenas me digné mirar a la madre, tan abultada, tan redonda, tan mofletuda, tan poco interesante, que remolcaba con dificultad su respetable mole y su numerosa descendencia.

"Respiró agitada, como si estuviese ahogándose, fatigada por la prisa que se dio para llegar a tiempo. Las niñas comenzaron a charlar. Yo, desdoblando un periódico, empecé a leer.

"Acabábamos de pasar la estación de Asnières, cuando mi compañera de viaje me interrogó de pronto:

"–Dispense usted la pregunta, caballero: ¿No es usted el señor Carnier?

"–Sí, señora.

"Entonces ella soltó la risa; una risa franca de mujer tranquila y modesta. Pero noté en su acento un asomo de triste desencanto, al preguntarme:

"–¿No me reconoce usted?

"Dudé en contestar. En efecto, creí haber visto en alguna parte aquella cara: sus facciones me recordaban algo, alguien... Pero ¿quién? ¿Dónde? ¿Cuándo las había visto?

"Y respondí:

"–Efectivamente... Creo..., si... no... Yo la conozco a usted; no hay duda... Si me diera usted su nombre...

"Ella, ruborizándose un poco, pronunció:

"–Julia Lefévre.

"Nunca he recibido impresión tan violenta. Me pareció que todo acababa para mí en un segundo, como si de pronto se hubiera desgarrado ante mis ojos un velo tras el cual se me revelarían desventuras amenazadoras y terribles.

”¡Era ella! Una señora obesa y vulgar, ¡ella! Y había lanzado al mundo aquella nidada, ¡cuatro niñas!, durante mi ausencia. Las criaturas me asombraban tanto como su madre. Obra suya; eran los retoños de su vida. Crecieron y ocupaban ya un lugar en el mundo; mientras la deliciosa hermosura, la maravilla de gracia y belleza que yo conocí, se había desvanecido, ya no inspiraba ningún entusiasmo. ¿Cómo se realiza una transformación tan espantosa en tan breve tiempo? En un día..., porque hubiera jurado que horas antes la vi como era... ¡y la encontraba de pronto cambiada! ¿Es posible? Un sufrimiento, una congoja me oprimía el corazón, y también una protesta indignada, rebelándome contra la Naturaleza, contra esa obra infame de brutal destrucción.

”La contemplé angustiado. Luego, al oprimir su mano, acudieron lágrimas a mis ojos. Lloré su juventud perdida; lloré su muerte. Había muerto la que yo conocí, la señora mofletuda y abultada que se me presentó era otra; ¡yo no la conocía!

”También ella, emocionándose, balbuceó:

”—He cambiado mucho, ¿no es verdad? Así es el mundo; ¡todo pasa! Ya lo ve usted; ahora soy una madre solamente, una madre cariñosa, una madre buena. Lo demás, pasó, acabó, no volverá. ¡Oh! Ya supuse que usted no me reconocería si por casualidad nos encontráramos, como ha sucedido. También usted ha cambiado bastante. Tuve que fijarme bien, que reflexionar mucho, que discurrir algo, para estar segura de no engañarme. Tiene usted ya el pelo blanco. Naturalmente. ¡Hace mucho tiempo! Mi niña mayor tiene diez años. ¡Hace ya doce años!

”Miré a la niña y descubrí en ella un encanto semejante al que tuvo su mamá en otro tiempo; las facciones, las formas de la criatura recordando las de su madre, aún eran de contornos indecisos, de una expresión vaga, pero anunciaban un delicioso porvenir.

"Y la vida se me apareció rápida, como un viaje en ferrocarril.

"Llegamos a Maisons-Laffitte. Besé la mano de mi amiga. En mi conversación con ella, sólo se me habían ocurrido vulgaridades; no encontré ni una frase feliz. Estaba demasiado aturdido para reflexionar.

"Por la noche, y aprovechando un cuarto de hora que mis amigos me dejaron solo, contemplé detenidamente mi rostro en un espejo. Y acabé recordando mi fisonomía como era en otro tiempo; imaginé mis bigotazos y mis cabellos negros, mis facciones juveniles, mis ojos penetrantes...

"Ya todo había cambiado. Me hallé viejo.

"¡Adiós!".

Pierrot

A Henri Roujon

La señora Lefèvre era una dama de pueblo. Era una viuda de esas medio campesinas, de cintas y sombreros aparatosos, que hablan con dureza y adoptan en público aires grandiosos; de esas que ocultan, bajo aspectos cómicos y expresivos, un alma de pretenciosa estúpida y esconden, bajo guantes de seda, sus inmensas manos rojas.

Esta mujer tenía por criada a una campesina buena y simplona, llamada Rose.

Las dos vivían en una casita de postigos verdes, junto a un camino en Normandía, en el centro de la región de Caux. Como tenían frente a la casa un pequeño jardín, cultivaban algunas hortalizas.

Una noche les robaron alrededor de una docena de cebollas. Apenas Rose lo notó, corrió a avisar a la señora, que bajó las escaleras en camisón de lana.

Se produjo una sensación de desconsuelo y terror. ¡Le habían robado a ella, a la señora Lefèvre! Entonces, si había ladrones en la región, probablemente podrían regresar.

Las dos mujeres, espantadas, contemplaban las huellas en el suelo, comentando y suponiendo mil cosas. "Fíjate, pasaron por acá. Apoyaron los pies en el muro, y saltaron al parterre".

Y ambas se estremecían pensando en lo que podría ocurrir. ¿Cómo dormir tranquilas de aquí en adelante?

La noticia del robo se propagó. Los vecinos llegaron, constataron, discutieron por su lado; y las dos mujeres explicaron a cada recién llegado sus ideas y suposiciones.

Un granjero que vivía cerca les dio un consejo: "Deben conseguir un perro".

Y era cierto. Debían conseguir un perro, aunque fuera sólo para dar la alarma. ¡Pero no un perro grande, ah, no! ¿Qué iban a hacer ellas con un perro así? Nada más que en alimentarlo se quedarían sin un centavo. Mejor un perro chico (o como dicen en Normandía, un can), un perrito faldero que supiera ladrar.

En cuanto se fueron todos, la señora Lefèvre consideró durante un buen tiempo la idea del perro. Después de reflexionar hizo mil objeciones, aterrorizada por la idea de un tazón lleno de migas, puesto que ella pertenecía a aquella raza parsimoniosa de damas campesinas que siempre llevan centavos en la cartera y dan la limosna públicamente a los pobres de los caminos y en las colectas de los domingos. Rose, que amaba a los perros, dio sus razones y las defendió con astucia. Finalmente, decidieron adquirir el perro. Un perro chiquito.

Empezaron la búsqueda, pero sólo encontraron perros enormes, tan voraces que daba miedo. El tendero de Rolleville tenía uno, pequeño, pero pedía por él dos francos para cubrir los gastos de la crianza del animal. La señora Lefèvre le dijo que ella estaba dispuesta a criar a un perro, pero no a comprar uno.

Una mañana el panadero, que estaba al tanto de los sucesos, trajo en su carreta un extraño animalito, amarillo, de patas cortas, con cuerpo de cocodrilo, cabeza de zorro y cola enrulada, igual a un penacho, tan grande como el resto del cuerpo. Un cliente quería deshacerse de él. A la señora Lefèvre le pareció encantador el perro inmundo, ya que no le costaba nada. Rose lo tomó en sus brazos y preguntó cuál era su nombre. El panadero le respondió: "Pierrot".

Lo instalaron en una vieja caja de jabón, y le pusieron agua para que bebiese. La bebió. Le dieron entonces un pedazo de pan. Lo comió. La señora Lefèvre, intranquila, tuvo una idea: "Cuando se haya acostumbrado a la casa, lo dejaremos libre. Encontrará qué comer en los alrededores".

Lo dejaron en libertad, en efecto, aunque eso no impidió que el animalito se muriera de hambre. Además, no ladraba más que para pedir comida. Y en esos casos, ladraba con ganas.

Todo el mundo podía entrar en el jardín. Pierrot festejaba a cada recién llegado y luego permanecía sin hacer ningún ruido.

Sin embargo, la señora Lefèvre terminó acostumbrándose al animal. Llegó incluso a tomarle cariño; de vez en cuando le daba, de su propia mano, pedazos de pan remojados en la salsa de su guiso. Pero ella no había ni pensado en la existencia del impuesto sobre los perros, y cuando vinieron a cobrarle los ocho francos ¡ocho francos, señora! por ese pedazo inservible de can que no sabía siquiera ladrar, la señora casi se desmaya de la impresión.

Decidieron de inmediato deshacerse de Pierrot. Nadie lo quiso. No hubo una sola persona que lo aceptara. Se resolvió entonces, a falta de otra solución, hacerlo "rascar las paredes".

Dejarlo "rascar las paredes" no es otra cosa que hacerlo comer piedra caliza. La gente hace "rascar las paredes" a un perro cuando quiere deshacerse de él.

En medio de un terreno muy grande había una pequeña choza, o, mejor dicho, un miserable techo de caña, colocado a cierta distancia del suelo. Es la entrada a la cantera de piedra caliza. Un enorme pozo de veinte metros de profundidad desciende verticalmente, para abrirse en una serie de largas galerías de minas.

Sólo se baja por este camino una vez al año, en la época en que se abonan con piedra caliza las tierras. El resto del tiempo sirve como cementerio a los perros condenados. Y suele pasar que, al caminar junto al pozo, se perciben desde el fondo ladridos furiosos y desesperados, aullidos lastimeros de súplica sollozante.

Los perros de los cazadores y de los pastores huyen con terror al acercarse al fúnebre agujero. Y al inclinarse ante éste, se siente surgir, desde las profundidades, un repugnante olor a podrido.

Las escenas más terribles tienen lugar entre aquellas sombras.

Cuando un animal, después de diez o doce días en el fondo, agonizante, se nutre de los inmundos restos de sus predecesores, uno más grande y, sin duda, más vigoroso, es arrojado de repente. Los dos quedan allí, solos, famélicos, con ojos centelleantes. Se miden, se siguen uno al otro, vacilando, ansiosos. Pero el hambre pronto los presiona; comienza el ataque, luchan durante largo rato, encarnizadamente, y el más fuerte termina comiéndose al más débil. Lo devora vivo.

Habiéndose decidido que se haría "rascar las paredes" a Pierrot, se inició la búsqueda del verdugo. El peón que cuidaba los caminos pidió cincuenta centavos por el servicio. Esto le pareció a la señora Lefèvre tremendamente exagerado. El muchacho que trabajaba de aprendiz para el vecino no pedía más que veinticinco centavos. Era mucho, también. Y, dando a entender a Rose que más les convenía hacerlo ellas mismas, puesto que así el animal no sería tratado de manera brutal y no se daría cuenta de lo que le esperaba, se acordó que las dos lo harían, al ponerse el sol.

Le ofrecieron, esa tarde, un buen plato de sopa con un pedazo de manteca. Engulló hasta el último bocado. Y como movía la cola de felicidad, Rose tuvo a bien colocarlo encima de su delantal.

Las dos cruzaron a grandes pasos el terreno, como un par de delincuentes. Apenas divisaron la cantera y se acercaron a ella, la señora Lefèvre se inclinó para escuchar si alguna bestia gemía. No, no había ningún sonido. Pierrot estaría solo. Entonces Rose, con lágrimas en los ojos, lo abrazó, y luego lo lanzó al hoyo. Ambas se acercaron y prestaron mucha atención.

Lo primero que oyeron fue un ruido sordo; luego, el lamento agudo y desgarrador de un animal herido. Después, una sucesión de chillidos de dolor. Más adelante, llamados desesperados, súplicas de un perro que imploraba, con la cabeza levantada hacia la entrada del pozo.

Ladró. ¡Ay, cómo ladró!

Se sentían llenas de remordimiento, de miedo, de un temor tonto e inexplicable, y salieron corriendo. Y, como Rose iba más rápido, la señora Lefèvre gritaba: "¡Espérame, Rose, espérame!"

Toda la noche tuvieron terribles pesadillas.

La señora Lefèvre soñó que estaba sentada a la mesa y que iba a tomar la sopa, pero, al levantar la tapa de la sopera, veía a Pierrot dentro del plato. Éste saltaba y le mordía la nariz.

Se despertó, y creyó oír de nuevo sus ladridos. Prestó atención: no, se había equivocado.

Volvió a quedarse dormida, y soñó que vagaba por una ruta interminable. Conforme avanzaba, a mitad del camino veía una enorme cesta de granjero, abandonada. La cesta le daba miedo.

Al final terminaba abriendo la cesta, y Pierrot, que se encontraba agazapado adentro, le mordía la mano y no la soltaba. La señora, sabiendo que no podía liberarse, continuaba su camino con el perro colgado del brazo, con las fauces firmemente cerradas.

Cuando amaneció se levantó muy perturbada, y corrió a la cantera.

El pobre ladraba, seguía ladrando: había ladrado toda la noche. La señora rompió en sollozos y comenzó a gritarle palabras cariñosas. El animal respondía a todas las palabras tiernas con voz de perro.

En ese momento quiso recuperarlo, y se prometió a sí misma que lo haría feliz hasta su muerte.

Fue corriendo a buscar al sujeto encargado de la extracción de la piedra caliza, y le contó su problema. El hombre la escuchó sin decir palabra. Cuando hubo terminado, le dijo: "¿Quiere usted a su perro? Le va a costar cuatro francos".

La señora tuvo un sobresalto. Todo su dolor desapareció de repente.

¿Cuatro francos? ¡Como si fuera a morir en el intento! ¡Cuatro francos!

Él respondió:

¿Cree usted que voy a agarrar mis cuerdas, mis herramientas, armarlo todo, y bajar hasta el fondo con mi ayudante, y además me voy a arriesgar a que me muerda su perro de porquería, por el puro gusto de traérselo? ¿Para qué lo tiró?

La señora se alejó, indignada. "¡Cuatro francos!"

En cuanto regresó a la casa, llamó a Rose y le contó lo que le pedía el hombre. Rose, resignada como siempre, repetía: "¡Cuatro francos! Y es bastante dinero, señora".

Luego, añadió: "¿Y si vamos y le arrojamos algo de comer, al pobrecito, para que no se muera?".

La señora Lefèvre asintió, feliz. Así que las dos se encaminaron nuevamente, esta vez con un buen pedazo de pan con manteca.

Empezaron a cortar pedazos y los arrojaron uno tras otro, mientras le lanzaban, alternadamente, palabras de aliento. En cuanto se comía un pedazo, Pierrot ladraba pidiendo el siguiente.

Volvieron esa noche, y al día siguiente, y así, todos los días. Pero hacían solamente un viaje.

Hasta que una mañana, en el momento en que iban a arrojar el primer bocado, escucharon en el fondo del pozo un enorme ladrido. ¡Había dos, no uno! Alguien había tirado un perro grande.

Rose gritó: "¡Pierrot!". Y Pierrot ladró. Empezaron a darle su ración del día, pero con cada pedazo que arrojaban podían oír claramente un alboroto terrible, seguido de los aullidos lastimeros de Pierrot, que había sido mordido por el otro mientras éste, más grande y más fuerte, se comía todo.

Las mujeres aclaraban: "Es para ti, Pierrot". Pierrot, obviamente, se quedaba sin comer.

Las dos mujeres, impotentes, se miraron. Y la señora Lefèvre dijo, con tono áspero: "De ninguna manera voy a alimentar a todos los perros que tiran al pozo. Dejémoslo así".

Y, aterrada con la idea de tener que mantener a todos los perros del mundo, inició el camino de regreso, mientras se comía lo poco que quedaba de la ración de pan.

Rose la siguió secándose las lágrimas con la punta de su delantal azul.

Una aventura parisiense

¿Existe en la mujer un sentimiento más agudo que la curiosidad? ¡Oh! ¡Saber, conocer, tocar lo que se ha soñado! ¿Qué no haría por ello? Una mujer, cuando su curiosidad impaciente está despierta, cometerá todas las locuras, todas las imprudencias, tendrá todas las audacias, no retrocederá ante nada. Hablo de las mujeres realmente mujeres, dotadas de ese espíritu de triple fondo que parece, en la superficie, razonable y frío, pero cuyos compartimentos secretos están los tres llenos: uno de inquietud femenina siempre agitada; otro de astucia coloreada de buena fe, de esa astucia de beato, sofisticada y temible; el último, por fin, de sinvergüencería encantadora, de trapacería exquisita, de deliciosa perfidia, de todas esas perversas cualidades que empujan al suicidio a los amantes imbécilmente crédulos, pero que arroban a los otros.

Aquella cuya aventura quiero contar era una provinciana, vulgarmente honesta hasta entonces. Su vida, tranquila en apariencia, discurría en su hogar, entre un marido muy ocupado y dos hijos a los que criaba como mujer irreprochable. Pero su corazón se estremecía de curiosidad insatisfecha, de un prurito de lo desconocido. Pensaba en París sin cesar, y leía ávidamente los periódicos mundanos. La descripción de las fiestas, de los vestidos, de los placeres, hacía hervir sus deseos; pero sobre todo la turbaban misteriosamente los ecos llenos de sobreentendidos, los velos levantados a medias en frases hábiles, y que dejan entrever horizontes de disfrutes culpables y asoladores.

Desde allá lejos veía París en una apoteosis de lujo magnífico y corrompido.

Y durante las largas noches de ensueño, acunada por los ronquidos regulares de su marido, que dormía a su lado de espaldas, con un pañuelo en torno al cráneo, pensaba en los hombres conocidos cuyos nombres aparecen en la primera página de los periódicos como grandes estrellas en un cielo sombrío; y se figuraba su vida enloquecedora entre un continuo desenfreno, orgías antiguas tremendamente voluptuosas y refinamientos de sensualidad tan complicados que ni siquiera podía figurárselos.

Los bulevares le parecían una especie de abismo de las pasiones humanas; y todas sus casas encerraban con seguridad prodigiosos misterios de amor.

Se sentía envejecer mientras tanto. Envejecía sin haber conocido nada de la vida, salvo esas ocupaciones regulares, odiosamente monótonas y triviales, que constituyen, dicen, la felicidad del hogar. Era aún bonita, conservada en aquella existencia tranquila como una fruta de invierno en un armario cerrado; pero estaba roída, asolada, trastornada por ardores secretos. Se preguntaba si moriría sin haber conocido todas esas embriagueces pecaminosas, sin haberse arrojado una vez, una sola vez, por entero, a esa oleada de voluptuosidades parisienses.

Con larga perseverancia preparó un viaje a París, inventó un pretexto, se hizo invitar por unos parientes, y, como su marido no podía acompañarla, partió sola.

En cuanto llegó, supo imaginar razones que le permitirían en caso necesario ausentarse dos días o mejor dos noches, si era preciso, pues había encontrado, decía, unos amigos que vivían en la campiña suburbana.

Y buscó. Recorrió los bulevares sin ver nada, salvo el vicio errante y numerado. Sondeó con la vista los grandes cafés, leyó atentamente los anuncios por palabras de Le Figaro, que se le presentaba cada mañana como un toque de rebato, una llamada al amor.

Y nunca nada la ponía sobre la pista de aquellas grandes orgías de artistas y de actrices; nada le revelaba los templos de aquellos excesos, que se imaginaba cerrados por una palabra mágica como la cueva de Las mil y una noches y esas catacumbas de Roma donde se celebraban secretamente los misterios de una religión perseguida.

Sus parientes, pequeños burgueses, no podían presentarle a ninguno de esos hombres conocidos cuyos nombres zumbaban en su cabeza; y, desesperada, pensaba ya en volverse, cuando el azar vino en su ayuda.

Un día, bajando por la calle de la Chausée d' Antin, se detuvo a contemplar una tienda repleta de esos objetos japoneses tan coloreados que constituyen una especie de gozo para la vista. Examinaba los graciosos marfiles grotescos, los grandes jarrones de esmaltes llameantes, los bronces raros, cuando oyó, en el interior de la tienda, al dueño, que, con muchas reverencias, mostraba a un hombrecito grueso de cráneo calvo y barba gris un enorme monigote ventrudo, pieza única según decía.

Y a cada frase del comerciante el nombre del coleccionista, un nombre célebre, resonaba como un toque de clarín. Los otros clientes, jóvenes señoras, elegantes caballeros, contemplaban con una ojeada furtiva y rápida, una ojeada como es debido y manifiestamente respetuosos, al renombrado escritor, quien, por su parte, miraba apasionadamente el monigote de porcelana. Eran tan feos uno como otro, feos como dos hermanos salidos del mismo seno.

El comerciante decía:

—A usted, don Jean Varin, se lo dejaría en mil francos; es exactamente lo que me cuesta. Para todo el mundo sería mil quinientos francos; pero aprecio a mi clientela de artistas y le hago precios especiales. Todos vienen por aquí, don Jean Varin. Ayer, el señor Busnach me compró una gran copa antigua. El otro día vendí dos candelabros como estos (son bonitos, ¿verdad?) a don Alejandro Dumas. Mire, esa pieza que usted tiene, señor Varin, estaría ya vendida si la hubiera visto el señor Zola.

El escritor vacilaba, muy perplejo, tentado por el objeto, pero calculando la suma, y no se ocupaba más de las miradas que si hubiera estado solo en un desierto. Ella había entrado temblando, con la vista clavada descaradamente sobre él, y ni siquiera se preguntaba si era guapo, elegante o joven. Era Jean Varin en persona, ¡Jean Varin!

Tras un largo combate, una dolorosa vacilación, él dejó el jarrón sobre una mesa.

—No, es demasiado caro —dijo.

El comerciante redobló su elocuencia:

—¡Oh, don Jean Varin! ¿Demasiado caro? ¡Vale muy a gusto dos mil francos!

El hombre de letras replicó tristemente, sin dejar de mirar la figurilla de ojos de esmalte:

—No digo que no; pero es demasiado caro para mí.

Entonces ella, asaltada por una enloquecida audacia, se adelantó:

—Para mí —dijo—, ¿cuánto vale este hombrecillo?

El comerciante, sorprendido, replicó:

—Mil quinientos francos, señora.

—Me lo quedo.

El escritor, que hasta entonces ni se había fijado en ella, se volvió bruscamente, y la miró de pies a cabeza como un buen observador, con los ojos un poco cerrados; después, como un experto, la examinó en detalle. Estaba encantadora, animada, iluminada de pronto por aquella llama que hasta entonces dormía en ella. Y, además, una mujer que compra una chuchería por mil quinientos francos no es una cualquiera.

Ella tuvo entonces un movimiento de arrobadora delicadeza; y, volviéndose hacia él, con voz temblorosa:

—Perdón, caballero, quizás me mostré un poco viva; acaso usted no había dicho su última palabra.

Él se inclinó:

—La había dicho, señora.

Pero ella, muy emocionada:

—En fin, caballero, hoy o más adelante, si decide cambiar de opinión, este objeto es suyo. Yo lo compré sólo porque le había gustado.

Él sonrió, visiblemente halagado:

—¿Cómo? ¿Me conoce usted? —dijo.

Entonces ella le habló de su admiración, le citó sus obras, fue elocuente. Para conversar, él se había acodado en un mueble y, clavando en ella sus ojos agudos, intentaba descifrarla. A veces el comerciante, encantado de poseer aquel reclamo viviente, cuando entraban clientes nuevos gritaba desde el otro extremo de la tienda:

—Oiga, mire esto, don Jean Varin, ¿verdad que es bonito?

Entonces todas las cabezas se alzaban, y ella se estremecía de placer al ser vista así, en íntima conversación con un Ilustre. Por fin, embriagada, tuvo una audacia suprema, como los generales que van a emprender el asalto:

—Caballero —dijo— hágame un favor, un grandísimo favor. Permítame que le ofrezca este monigote en recuerdo de una mujer que lo admira apasionadamente y a quien usted ha visto diez minutos.

Él se negó. Ella insistía. Se resistió, divertido, riéndose de buena gana. Ella, obstinada, le dijo:

—¡Bueno! Voy a llevárselo a su casa ahora mismo; ¿dónde vive usted?

Se negó a dar su dirección; pero ella, preguntándosela al comerciante, la supo y, una vez pagada su adquisición, escapó hacia un coche de punto. El escritor corrió para alcanzarla, sin querer exponerse a recibir aquel regalo, que no sabría a quién devolver. Se reunió con ella cuando saltaba al coche, y se lanzó, casi cayó sobre ella, derribado por el simón que se ponía en camino; después se sentó a su lado, muy molesto. Por mucho que rogó, que insistió, ella se mostró intratable. Cuando llegaban delante de la puerta, puso sus condiciones:

—Accederé —dijo ella—, a no dejarle esto, si usted cumple hoy todos mis deseos.

La cosa le pareció tan divertida que aceptó.

Ella preguntó:

—¿Qué suele hacer usted a esta hora?

Tras una leve vacilación:

—Doy un paseo —dijo.

Entonces, con voz resuelta, ella ordenó:

—¡Al Bosque!

Se pusieron en marcha. Fue preciso que él le nombrara a todas las mujeres conocidas, sobre todo a las impuras, con detalles íntimos sobre ellas, sus vidas, sus hábitos, sus pisos, sus vicios. Atardeció.

—¿Qué hace usted todos los días a esta hora? —dijo ella.

Él respondió riendo:

—Tomo un ajenjo.

Entonces, gravemente, agregó ella:

—Entonces, caballero, vamos a tomar un ajenjo.

Entraron en un gran café del bulevar que él frecuentaba, donde encontró a unos colegas. Se los presentó a todos. Ella estaba loca de alegría. Y en su cabeza sonaban sin cesar estas palabras:

—¡Al fin! ¡Al fin!

Pasaba el tiempo, y ella preguntó:

—¿Es su hora de cenar?

Él respondió:

—Sí, señora.

—Pues entonces, vamos a cenar.

Y al salir del café Bignon:

—¿Qué hace usted por la noche? -dijo.

Ella miró fijamente:

—Depende: a veces voy al teatro.

—Pues bien, caballero, vamos al teatro.

Entraron en el Vaudeville, gratis, gracias a él y, gloria suprema, toda la sala la vio a su lado, sentada en una butaca de palco. Terminada la representación, él le besó galantemente la mano:

—Sólo me queda, señora, agradecerle el delicioso día...

Ella lo interrumpió:

—A esta hora, ¿qué hace usted todas las noches?

—Pues... pues... vuelvo a casa.

Ella se echó a reír, con una risa trémula.

—Pues bien, caballero... volvamos a casa.

Y no hablaron más. Ella se estremecía a ratos, temblorosa de pies a cabeza, con ganas de huir y ganas de quedarse, con, en lo más hondo de su corazón, una voluntad muy firme de llegar hasta el final. En la escalera, se aferraba al pasamanos, tan viva era su emoción; y él subía delante, sin resuello, con una cerilla en la mano.

En cuanto estuvo en el dormitorio, ella se desnudó a toda prisa y se metió en la cama sin pronunciar una palabra; y esperó, acurrucada contra la pared. Pero ella era tan simple como puede serlo la esposa legítima de un notario de provincias, y él más exigente que un bajá de tres colas. No se entendieron en absoluto.

Entonces él se durmió. La noche transcurrió, turbada solamente por el tictac del reloj, y ella, inmóvil, pensaba en las noches conyugales; y bajo los rayos amarillos de un farol chino miraba, consternada, a su lado, a aquel hombrecillo, de espaldas, rechoncho, cuyo vientre de bola levantaba la sábana como un globo de gas. Roncaba con un ruido de tubo de órgano, con resoplidos prolongados, con cómicos estrangulamientos. Sus veinte cabellos aprovechaban aquel reposo para levantarse extrañamente, cansados de su prolongada fijeza sobre aquel cráneo desnudo cuyos estragos debían velar. Y un hilillo de saliva corría por una comisura de su boca entreabierta.

La aurora deslizó por fin un poco de luz entre las cortinas corridas. Ella se levantó, se vistió sin hacer ruido y ya había abierto la puerta cuando hizo rechinar la cerradura y él se despertó restregándose los ojos. Se quedó unos segundos sin recobrar enteramente los sentidos, y después, cuando recordó su aventura preguntó:

—¿Qué? ¿Se marcha usted?

Ella permanecía en pie, confusa. Balbuceó:

—Pues sí, ya es de día.

Él se incorporó:

—Veamos, dijo, tengo, a mi vez, algo que preguntarle.

Ella no respondía, y él prosiguió:

—Me tiene usted muy extrañado desde ayer. Sea franca, confiéseme por qué ha hecho todo esto, pues no entiendo nada.

Ella se acercó despacito, ruborizada como una virgen:

—Quise conocer... el... vicio... y, bueno... y, bueno, no es muy divertido.

Y escapó, bajó la escalera, se lanzó a la calle.

El ejército de los barrenderos barría. Barrían las aceras, los adoquines, empujando toda la basura al arroyo.

Con un movimiento regular, el mismo movimiento de los segadores en un prado empujaban el barro en semicírculo ante sí; y, calle tras calle, ella los encontraba como juguetes de cuerda, movidos automáticamente por el mismo resorte.

Y le parecía que también en ella acababan de barrer algo, de empujar al arroyo, a la cloaca, sus ensueños sobreexcitados.

Regresó a casa, sin resuello, helada, guardando solo en la cabeza la sensación de aquel movimiento de las escobas que limpiaban París por la mañana.

Y, en cuanto estuvo en su habitación, sollozó.

Viaje de novios

Personajes: La señora Rivoil, cincuenta años. La señora Bevelin, sesenta años.

Un salón. Sobre el velador, un libro abierto: *La canción de los recién casados*, por la señora Juliette Lamber.

La señora RIVOIL: Este libro me ha producido un efecto singular. El que acabo de leer es mi poema, el poema del cual he sido la protagonista hace treinta años. Me nota los ojos enrojecidos, querida amiga: es que lloro a lágrima viva desde hace dos horas; lloro por todo ese pasado, tan corto, y terminado, terminado... terminado.

La señora BEVELIN: ¿Por qué añorar tanto las cosas desaparecidas?

La señora RIVOIL: ¡Oh! Sólo añoro mi viaje de novios. Y esta es la razón por la que este libro, *La canción de los recién casados*, me ha conmovido tanto.

Sólo he cumplido en mi vida un sueño, y es ese. Piense, pues. Me voy, sola con él, sea quien sea. Me voy, sola con él, siempre, a todas partes, unida a él, llena de una placentera e inolvidable ternura. En nuestra existencia sólo tenemos una verdadera hora de poesía, esa, una única ilusión, tan completa que el regreso a la realidad se produce meses después, una única embriaguez tan grande que todo desaparece, todo, excepto Él. Me dirá que a menudo no queremos de verdad. ¿Qué importa? En ese momento, no lo sabemos, creemos amarlo; y es el amor que queremos. Él es el amor, es todas nuestras ilusiones visibles, es todas nuestras expectativas realizadas, es la esperanza alcanzable, es la persona a la que vamos a poder dedicarnos, a la que nos hemos entregado, es el Amigo, nuestro Amo y Señor, lo es todo.

El sueño de todas las mujeres es amar, y tener para nosotras solas, del todo para nosotras, incesantemente a solas, al que adoramos, y que nos adora también, eso creemos. Durante ese primer mes, todo esto se cumple. Pero sólo existe ese mes en nuestra existencia, ¡no hay otro... no hay otro!

Yo lo he hecho, ese clásico viaje de amor que canta la señora Juliette Lamber; y esta mañana, mi corazón se estremecía, palpitaba, fallaba al encontrar ahí, en ese libro, todos esos lugares que aún me son gratos, los únicos en los que realmente fui feliz; y al releer, treinta años más tarde, las cosas que él me decía antaño, me parecía revivir ese dulce pasado...

Oía su voz, veía sus ojos.

¡Oh! Cuánto daño me ha hecho desde entonces.

Sí, sí, toda mi verdadera alegría esté encerrada en mi viaje de novios. Lo recuerdo como si fuese ayer.

En vez de hacer como todos, de irnos esa misma noche para disipar en cualquier posada esas primeras gotas de felicidad, y para colmar, cerca de los mozos de hotel con delantal blanco y de los empleados de ferrocarril, ese primer frescor de intimidad, esa cuna de amor, nos quedamos a solas, encerrados y abrazados, en una pequeña casa solitaria en el campo.

Luego, cuando mi ternura, vacilante, inquieta y turbia al principio, creció en sus besos, cuando esa chispa que tenía en el corazón se convirtió en llama y me quemó por completo, me llevó a través de ese viaje que fue un sueño.

¡Oh! ¡Sí, claro que lo recuerdo!

En primer lugar, sé que me quedé seis días cerca de él, en una silla de posta que circulaba por las carreteras. De vez en cuando percibía partes del paisaje por la portezuela; pero lo que ciertamente vi es un bigote rubio y rizado que se acercaba en todo momento a mi rostro.

Entré en una ciudad de la que no distinguí nada, luego me sentí en un barco que al parecer iba hacia Nápoles.

Estábamos de pie, uno al lado del otro, sobre ese suelo que se balanceaba. Tenía mi mano sobre su hombro; y fue entonces cuando empecé a darme cuenta de lo que pasaba a mi alrededor.

Veíamos pasar las costas de Provenza, ya que era Provenza la que acababa de cruzar. El mar inmóvil, estancado, como endurecido por el pesado calor que caía del sol, se mostraba bajo un cielo infinito. Las ruedas golpeaban el agua y perturbaban su sueño tranquilo. Y, detrás de nosotros, un largo rastro espumoso, un gran reguero pálido donde la ola agitada hacía espuma como de champaña, alargaba hasta perderla de vista una estela del navío.

De repente, hacia la parte delantera, a sólo unas brazadas de nosotros, un pez enorme, un delfín, saltó fuera del agua, luego volvió a sumergirse, la cabeza primero, y desapareció. Tuve miedo, grité y me lancé sobrecogida a los brazos de René. Luego me eché a reír de pavor y miraba ansiosa por si el animal volvía a aparecer. Al cabo de unos segundos, saltó de nuevo como un gran juguete mecánico. Luego volvió a bajar, salió de nuevo; luego fueron dos, luego tres, luego seis que parecían dar saltos alrededor del pesado barco, escoltar a su monstruoso hermano, al pez de madera con aletas de hierro. Pasaban por la izquierda, volvían por la derecha del buque, y siempre, unas veces juntos, otras uno tras otro, como en un juego, en una persecución alegre, se lanzaban al aire con un gran salto que trazaba una curva, luego se sumergían en fila india.

Y aplaudía, encantada de cada aparición de los enormes y ligeros nadadores. ¡Oh! ¡Esos peces, esos grandes peces! He guardado un grato recuerdo de ellos. ¿Por qué? No sé, no sé nada. Pero han permanecido ahí, en mis ojos, en mi mente y en mi corazón.

De repente desaparecieron. Los vi una vez más, muy lejos, en alta mar, luego ya no los vi más, y me sentí, durante un segundo, triste por su marcha.

Llegó la noche, una noche tranquila, suave, llena de luz, de paz. Ni un escalofrío en el aire o en el agua; y esa tranquilidad ilimitada del mar y del cielo se extendía a mi alma entumecida, donde tampoco había ningún escalofrío. El gran sol se desvanecía lentamente allá a lo lejos, hacia la África invisible, ¡África! La tierra ardiente cuyos ardores ya creía sentir; pero una especie de fresca caricia, que sin embargo ni siquiera tenía aspecto de brisa, rozó mi rostro cuando el astro ya había desaparecido.

Fue la noche más hermosa de mi vida.

No quise entrar en nuestro camarote, donde se respiraban todos esos horribles olores del barco. Nos acostamos sobre la cubierta, envueltos en abrigos; y no dormimos. ¡Oh! ¡Cuántos sueños! ¡Cuántos sueños!

El monótono ruido de las ruedas me acunaba, y miraba sobre mi cabeza esas legiones de estrellas tan claras, con una luz aguda, titilante y como mojada, en ese cielo puro del Sur.

Sin embargo, cuando estaba a punto de amanecer, me adormilé. Me despertaron unos ruidos, unas voces. Los marineros cantando mientras limpiaban el buque. Y nos levantamos.

Bebía el sabor de la bruma salada, me llegaba hasta la punta de los dedos. Miré el horizonte. En la proa había algo gris, confuso aún en al alba naciente, una especie de acumulación de nubes extrañas, puntiagudas, desmenuzadas, parecía estar colocada sobre el mar.

Luego apareció más clara, las formas se dibujaron más sobre el cielo claro: una gran línea de curiosas montañas con picos se erguía ante nosotros, ¡Córcega! Envuelta en una especie de ligero velo.

El capitán, un viejo hombre pequeño, curtido, seco, de pocas palabras, duro, encogido por los fuertes vientos salados, apareció en la cubierta y, con una voz ronca por treinta años de mando, gastada por los gritos lanzados en las tormentas, me preguntó:

−¿Aprecia este curioso olor?

Y en efecto había un fuerte, un extraño, un poderoso olor a plantas, a aromas salvajes.

El capitán prosiguió:

−Es el olor de Córcega. Tras veinte años de ausencia, la reconocería a cinco millas mar adentro. Soy de aquí, señora. Aquel que estaba allá, en Santa Helena, hablaba siempre del olor de su país. Era de mi familia1.

Y el capitán, quitándose el sombrero, saludó Córcega, saludó, en lo desconocido, al Emperador, que era de su familia.

Tenía ganas de llorar.

Al día siguiente estaba en Nápoles; e hice, etapa a etapa, ese viaje de felicidad que cuenta el libro de la señora Juliette Lamber.

Vi, del brazo de René, todos esos lugares que aún me son gratos, con los cuales la escritora hizo un marco para sus escenas de amor: es el libro de los recién casados, el libro que deberán llevar y guardar, como una reliquia, y cuando regresen el libro que ella volverá a leer siempre.

Cuando regresé a Marsella tras ese mes pasado en el mar, una inexplicable tristeza me invadió. Sentía vagamente que había acabado; le había dado la vuelta a la felicidad.

Viaje de salud

El señor Panard era un hombre prudente que a todo temía en la vida. Tenía miedo a los contratiempos, a los fracasos, a los carruajes, a los ferrocarriles, a todos los probables accidentes, pero por encima de todo temía a las enfermedades.

Había llegado a la conclusión, con una extrema convicción, de que nuestra existencia estaba amenazada sin cesar por todo lo que nos rodea. Pensar en una caminata le hacía temer un esguince, en brazos y piernas rotas; la visión de un cristal le sugería las horrorosas heridas provocadas por los cortes del vidrio; la presencia de un gato, en ojos arrancados. Vivía con una prudencia meticulosa, reflexiva, paciente, completa.

Decía a su esposa, una valiente mujer, que consentía sus manías:

—Paciencia, querida, que poco es necesario para destruir a un hombre. Es horroroso pensar en esto. Uno sale a la calle con buena salud, atraviesa el bulevar; un carruaje llega y te atropella; o bien uno se detiene cinco minutos bajo un portal a conversar con un amigo y no se percata de una pequeña corriente de aire que le resbala por la espalda, provocándole una pleuresía. Esto es suficiente. Le puede ocurrir a cualquiera.

Panard se interesaba en especial por la sección Sanidad Pública de los periódicos. Conocía la cifra normal de muertes en tiempos de paz, siguiendo las estaciones, la marcha y los caprichos de las epidemias, sus síntomas, su probable duración, el modo de prevenirlas, de pararlas, de curarlas. Poseía una biblioteca médica con todas las obras relativas a los tratamientos puestos a disposición del público por los médicos divulgadores y prácticos.

Había creído durante seis meses en las teorías de Raspail, en la homeopatía, en la medicina dosimétrica, en la metaloterapia, en la electricidad, en el masaje, en todos los sistemas que se suponen infalibles contra los males. Hoy en día, era un tanto escéptico y pensaba, con sabiduría, que el mejor modo de evitar las enfermedades consistía en huir de ellas.

Hacia comienzos de invierno el señor Panard supo, por su periódico, que París sufría una ligera epidemia de fiebre tifoidea: la inquietud que rápidamente lo invadió se convirtió, en poco tiempo, en una obsesión. Compraba cada mañana dos o tres periódicos para hacer un estudio promedio con los distintos informes contradictorios, y se convenció enseguida de que su barrio estaba particularmente afectado.

Entonces fue a ver a su médico para pedirle consejo. ¿Qué debía hacer? ¿Irse o quedarse? Con las respuestas evasivas del doctor, el señor Panard concluyó que había peligro y decidió partir.

Regresó a casa para deliberar con su esposa. ¿A dónde irían? Él preguntaba:

—¿Piensas, querida, que Pau será un buen lugar?

A ella le ilusionaba ver Niza, y respondió:

—Debe de hacer bastante frío allí debido a la proximidad de los Pirineos. Cannes debe ser más sano, puesto que los príncipes de Orleáns van allí.

Este razonamiento convenció a su marido. Dudaba, sin embargo, un poco.

—Sí, pero en el Mediterráneo hay cólera desde hace dos años.

—¡Ah!, amigo mío, nunca durante el invierno. Piensa que el mundo entero se da cita en esta costa.

—Eso es verdad. De todas formas agarra desinfectantes y ten especial cuidado en completar mi botiquín de viaje.

Partieron un lunes por la mañana. Llegando a la estación, la señora Panard entregó a su marido su neceser personal:

—Toma —dijo ella—. Aquí están tus medicamentos en orden.

—Gracias, querida.

Subieron al tren.

Después de haber leído muchas obras sobre los centros de salud del Mediterráneo, obras escritas por los médicos de cada ciudad del litoral, y de las cuales cada uno exaltaba su playa en detrimento de las otras, el señor Panard, que había pasado por las más grandes dudas, acababa por fin de decidirse por Saint-Raphaël, por la única razón de que él había visto, entre los nombres de los principales propietarios, los de varios profesores de la Facultad de Medicina de París.

Si ellos habitaban allí, era seguramente porque la región estaba sana.

Así que descendió a Saint-Raphaël y se dirigió de inmediato a un hotel cuyo nombre había leído en la guía Sarty, que es la quintaesencia de las estaciones de invierno de esta costa.

Nuevas preocupaciones ya lo asaltaban. ¿Qué menos seguro que un hotel en una región buscada ansiosamente por los tuberculosos? ¿Cuántas enfermedades, y qué enfermos han dormido en estos colchones, bajo estas mantas, sobre estas almohadas, dejando en las lanas, en las plumas, en las telas, miles de gérmenes imperceptibles, procedentes de su piel, de su aliento, de sus fiebres? ¿Cómo osaría él acostarse en estas camas sospechosas, dormir con la pesadilla de un hombre agonizante sobre el mismo lecho, algunos días antes?

Entonces una idea lo iluminó. Pediría una habitación hacia el norte, muy hacia el norte, sin ningún sol, sobre la que ninguna enfermedad habría podido desarrollarse.

Le dieron un gran apartamento glacial que juzgó, a primer golpe de vista, totalmente seguro, ya que parecía frío e inhabitable. Encendió el fuego y luego subió sus pertenencias.

Se paseaba con paso ligero de un lado a otro, un poco inquieto, con la idea de un posible catarro, y decía a su esposa:

—Mira, querida, el peligro de este país es vivir en habitaciones frescas, raramente ocupadas. Se pueden contraer dolencias. Serías muy amable si deshicieras nuestros baúles.

Ella empezaba, de hecho, a vaciar los baúles y a llenar los armarios y la cómoda, cuando el señor Panard se detuvo bruscamente en su paseo y se puso a resoplar con fuerza, como un perro que husmea una pieza de caza. Dijo confuso de repente:

—Pero huele... huele a enfermedad aquí... se puede oler la droga... Estoy seguro de que huele a droga... en serio, ha habido un... un... un tuberculoso en esta habitación ¿no lo hueles, querida?

La señora Panard olfateaba a su alrededor. Respondió:

—Sí, huele un poco a... a... no reconozco bien el olor. En fin, esto huele a medicamento.

Él se lanzó contra el timbre, lo pulsó y cuando el mozo apareció, le dijo:

—Haga venir rápidamente al patrón, por favor.

El patrón llegó enseguida, saludando y con una sonrisa en los labios.

El señor Panard, mirándolo al fondo de los ojos, le preguntó bruscamente:

—¿Cuál fue el último viajero que durmió aquí?

El gerente del hotel, sorprendido en un primer momento, trataba de entender la intención, el pensamiento o la sospecha de su cliente, y, por otra parte, cómo debía responder. Y como nadie había dormido en esa habitación desde hacía muchos meses, dijo:

—Fue el Conde de la Roche-Limonière.

—¡Ah!, ¿un francés?

—No, señor. Un... un... un belga.

—¡Ah! ¿Y disfrutaba de buena salud?

—Sí, es decir no, sufría mucho cuando llegó aquí, pero se fue totalmente curado.

—¡Ah! ¿De qué padecía?

—De dolores.

—¿Qué tipo de dolores?

—De dolores... de dolores de hígado.

—Muy bien, señor. Muchas gracias. Pensaba quedarme aquí cierto tiempo, pero acabo de cambiar de opinión. Partiré rápidamente con la señora Panard.

—Pero... señor...

—Es inútil, señor. Nos iremos. Envíe la nota, habitación y servicio.

El gerente, estupefacto, se retiró mientras que el señor Panard decía a su mujer:

—¡Eh!, querida. ¿Lo he descubierto? ¡Has visto como dudaba!... dolores... dolores... dolores de hígado... qué más quisiera que dolores de hígado.

El señor y la señora Panard llegaron a Cannes por la noche, cenaron y se acostaron pronto.

Pero apenas llegaron a la cama, el señor Panard gritó:

—¡Eh! El olor. ¿Lo hueles esta vez? Pero... es ácido fénico, querida...; han desinfectado esta habitación.

Se levantó de la cama, se vistió rápidamente y como era demasiado tarde para llamar a alguien, se decidió rápidamente a pasar la noche sobre un sillón.

La señora Panard, a pesar de las solicitudes de su marido, rechazó imitarlo y se quedó en sus sábanas donde durmió felizmente, mientras que él murmuraba con sus riñones destrozados:

—¡Qué país... qué país más horroroso, qué horrible país! En todos los hoteles no hay más que enfermedades.

Tan pronto amaneció, el patrón fue llamado.

—¿Cuál es el último viajero que ha ocupado esta habitación?

—El Gran Duque de Bade y Magdebourg, señor. Un primo del Emperador de... de... Rusia.

—¡Ah! ¿Disfrutaba de buena salud?

—Muy buena, señor.

—¿Seguro que buena?

—Seguro.

—Es suficiente. La señora y yo partimos para Niza al mediodía.

—Como guste, señor.

Y el patrón, furioso, se fue, mientras que el señor Panard decía a su esposa:

—¡Qué farsante! ¡Ni siquiera quiere confesar que su viajero estaba enfermo! ¡Enfermo! ¡Ah, sí! ¡Enfermo! Ni siquiera enfermo; lo que estaba era muerto. Contéstame. ¿Hueles el ácido fénico? ¿Lo hueles?

—Sí, querido.

—¡Qué bribones, estos gerentes de hotel! Ni siquiera reconocen que estaba enfermo aun habiendo muerto. ¡Qué bribones!

Se fueron en el tren de la una y media. El olor los siguió dentro del vagón.

Muy inquieta, la señora Panard murmuraba:

–Huele por todas partes. Debe de ser una medida de higiene general en el país. Es probable que rieguen las calles, los parques y los vagones con el agua fénica por orden de los médicos y las autoridades municipales.

Pero cuando llegaron al hotel de Niza, el olor llegó a ser intolerable.

Panard, aterrado, erraba por su habitación abriendo los cajones, visitando las esquinas oscuras, buscando en el fondo de los muebles. Descubrió en el armario de luna un viejo periódico y le echó un vistazo al azar, leyendo: Los rumores que se habían hecho correr sobre el estado sanitario de nuestra ciudad carecen de fundamento. Ningún caso de cólera ha sido detectado en Niza ni en sus alrededores...

Dio un salto y gritó:

–Señora Panard... señora Panard... es el cólera... el cólera... el cólera... estoy seguro... No deshagas nuestras maletas... Regresamos a París rápidamente... rápidamente.

Una hora más tarde volvían a tomar el tren rodeados de un olor asfixiante a fenol.

Tan pronto como llegaron a su casa, Panard consideró procedente tomar algunas gotas de un anticolérico enérgico y abrió la maleta que contenía sus medicamentos. Un vapor sofocante salió de su interior. Su frasco de ácido fénico se había roto, y el líquido derramado había quemado todo dentro del bolso.

Entonces su mujer, con un ataque de risa, gritó:

–¡Ah!... ¡ah!... ¡ah!... amigo mío... aquí está... aquí tienes tu cólera.

Diario de un viajero

Las siete. Un pitido y partimos. El tren pasa sobre las plataformas giratorias, con el ruido que hacen las tormentas en el teatro; después se adentra en la noche jadeando, soplando su vapor, iluminando con sus reflejos rojos los muros, setos, bosques y campos.

Somos seis, tres en cada asiento, bajo la luz del quinqué. Frente a mí una rolliza señora con un rechoncho señor, un viejo matrimonio. Un jorobado está en la esquina izquierda. A mi lado, un joven matrimonio, o al menos una joven pareja. ¿Casados? La joven es hermosa, parece modesta, pero está demasiado perfumada. ¿Qué perfume es éste? Lo conozco pero no lo determino. ¡Ah! Sí. Piel de España. Esto no dice nada. Esperamos.

La gruesa señora mira fijamente a la joven con un aire de hostilidad que me da que pensar. El grueso señor cierra los ojos. ¡Ya! El jorobado se enrolla como un ovillo. Ya no veo dónde están sus piernas. No percibimos nada más que su mirada brillante bajo un gorro griego con borla roja. Después se sumerge en su manta de viaje. Se diría que es un paquetito arrojado sobre el asiento.

Únicamente la vieja señora permanece despierta, suspicaz, recelosa, como un guardián encargado de vigilar el orden y la moralidad del vagón.

Los jóvenes permanecen inmóviles, las rodillas envueltas en el mismo chal, los ojos abiertos, sin hablar. ¿Están casados?

Yo finjo dormir pero estoy al acecho.

Las nueve. La señora gruesa va a sucumbir; cierra los ojos una vez tras otra, inclina la cabeza hacia el pecho y vuelve a levantarla bruscamente. Ya está. Duerme.

¡Oh sueño, misterio ridículo que confiere al rostro los aspectos más grotescos, tú eres la revelación de la fealdad humana. ¡Tú haces aparecer todos los defectos, las deformidades y las taras! Tú haces que cada rostro tocado por ti se transforme rápidamente en una caricatura.

Me levanto y extiendo el ligero velo azul sobre el quinqué. Después me adormezco.

De vez en cuando, la frenada del tren me despierta. Un empleado grita el nombre de una ciudad, después volvemos a partir.

Llega la aurora. Seguimos el Ródano, que desciende hacia el Mediterráneo. Todo el mundo duerme. Los jóvenes están abrazados. Un pie de la joven ha salido del chal. ¡Tiene medias blancas! Es normal: están casados. No huele bien en el compartimiento. Abro una ventana para renovar el aire. El frío despierta a todo el mundo, con excepción del jorobado que ronca como un tronco bajo su manta.

La fealdad de los rostros se acentúa bajo la luz del nuevo día.

La señora gruesa, roja, despeinada, horrorosa, echa una mirada circular y malvada a sus vecinos. La joven mira sonriendo a su compañero. ¡Si no estuviera casada primero habría mirado a su espejo!

Llegamos a Marsella. Veinte minutos de parada. Desayuno. Partimos de nuevo. Tenemos al jorobado de menos y dos viejos señores de más.

Entonces, los dos matrimonios, el viejo y el joven, desempacan provisiones. Pollo por aquí, ternera fría por allá, sal y pimienta en papel, pepinillos en un pañuelo, ¡todo lo que nos puede quitar las ganas de las comidas durante la eternidad! No conozco nada más común, más grosero, más inconveniente, más de mal gusto, que comer en un vagón donde se encuentran otros viajeros.

Si hiela, ¡abran las puertas! Si hace calor, ¡ciérrenlas y fumen pipa aunque le tengan horror al tabaco; pónganse a cantar, ladren, libérense de las excentricidades más molestas, saquen sus botines y calcetines y córtense las uñas de los pies; procuren devolver a estos vecinos maleducados la moneda de su saber vivir.

El hombre precavido trae un frasco de bencina o de petróleo para derramarlo sobre los cojines tan pronto como uno se pone a cenar a su lado. Todo está permitido, todo es demasiado suave para los groseros que nos envenenan con el olor de su pienso.

Seguíamos el mar azul. El sol cae sobre la costa poblada de las sugestivas ciudades.

He aquí Saint-Raphaël. Allá abajo Saint-Tropez, pequeña capital de este desconocido desierto y encantador país que denominan las Montañas de los Moros. Un gran río, sobre el cual ningún puente se había construido, el Argens separa del continente esta isla casi salvaje, donde se puede caminar un día entero sin encontrar un ser, donde los pueblos encaramados en lo alto de los montes han permanecido como antiguamente, con sus casas orientales, sus arcadas, sus puertas cimbradas, esculpidas y bajas.

Ningún ferrocarril, ningún coche público penetra en estos maravillosos y arbolados pequeños valles. Únicamente una antigua diligencia lleva el letrero de Hyères y de Saint-Tropez.

Pasamos rápidamente. Aquí Cannes, tan hermoso al borde de sus dos golfos, enfrente de las islas de Lérins que serían, si se las pudiese unir a la tierra, dos paraísos para las enfermedades.

Ahí el golfo de Juan; la escuadra acorazada parece dormida sobre el agua.

Niza. Han hecho, parece ser, una exposición en esta ciudad. Vamos a verla.

Seguimos un boulevard con aspecto de marisma y llegamos, sobre una elevación, a un edificio de gusto dudoso y que se parece, en pequeño, al gran palacio de Trocadero.

Allá dentro algunos paseantes transitan en medio de un caos de cajas.

La exposición, abierta desde hace ya tiempo, estará lista, sin duda, para el año próximo.

El interior sería bonito si estuviera terminado. Pero... eso está lejos.

Dos secciones me atraen sobre todo: los comestibles y las bellas artes. ¡Ay! He aquí cuantiosos frutos confitados de Grasse, caramelos, miles de cosas exquisitas para comer... Pero... está prohibido venderlos... Sólo se les puede mirar. ¡Y esto para no perjudicar al comercio de la ciudad! Exponer dulzainas por el simple placer de mirar y con prohibición de probarlas me parece ciertamente una de las más bellas invenciones del espíritu humano.

Las bellas artes están... en preparación. Se han abierto, sin embargo, algunas salas donde se pueden observar unos muy hermosos paisajes de Harpignies, de Guillemet, de Le Poittevin, un soberbio retrato de la señorita Alice Regnault de Courtois, un delicioso Béraud... El resto... después del desembalaje.

Como cuando se visita es necesario visitar todo, quiero darme el gusto de una ascensión libre y me dirijo hacia el globo del señor Godard y Cía.

El mistral sopla. El aerostato se balancea de forma inquietante. Después se produce una detonación. Son las cuerdas del entramado que se rompen. Se prohíbe al público la entrada al recinto. A mí me ponen igualmente en la puerta.

Me subo a mi coche y observo.

De segundo en segundo, algunos nuevos cabos crujen con un singular ruido, y la piel marrón del balón se esfuerza por salir de las mallas que la retienen. Después, de repente, bajo una ráfaga más violenta, un desgarrón inmenso abre de abajo a arriba la enorme bola volante, que se abate como una tela fláccida, reventada y muerta.

Cuando me despierto, al día siguiente, pido que me traigan los periódicos de la ciudad y leo con estupor: "La tempestad que reina actualmente sobre nuestro litoral ha obligado a la administración de los globos cautivos y libres de Niza, para evitar un accidente, a desinflar su gran aerostato. El sistema de desinflado que ha empleado el señor Godard es una de sus invenciones que le hacen el más grande honor".

¡Oh! ¡Oh! ¡Oh! ¡Oh!

¡Qué bravo público!

Toda la costa del Mediterráneo es la California de los farmacéuticos. Hace falta ser diez veces millonario para osar comprar una simple caja de pasta pectoral a estos comerciantes maravillosos que venden la azufaifa a precio de diamantes.

Se puede ir de Niza a Mónaco por la Corniche, siguiendo el mar. Nada más hermoso que esta ruta esculpida en la roca, que rodea los golfos, pasa bajo bóvedas, corre y discurre en el flanco de la montaña en medio de un paisaje admirable.

Aquí está Mónaco sobre su peñasco, y, detrás, Montecarlo... ¡Oh!... cuando uno ama el juego, comprendo que se adore a esta bonita pequeña ciudad. ¡Pero qué sombría y triste es para los que no juegan en absoluto! No se encuentra en ella ningún otro placer, ninguna distracción.

Más lejos está Menton, el punto más cálido de la costa y el más frecuentado por los enfermos. Allá, las naranjas maduran y los tuberculosos sanan.

Subo al tren de noche para volver a Cannes. En mi vagón dos damas y un marsellés que cuenta obstinadamente dramas del ferrocarril, asesinatos y robos.

–...Conocí a un corso, señora, que venía a París con su hijo. Hablo de hace tiempo, era en los primeros tiempos de la línea P.L.M. Subo con ellos, puesto que éramos amigos, y hete aquí que partimos. El hijo, que tenía veinte años, no se cansaba de ver correr el convoy, y permanecía todo el tiempo colgado de la puerta para mirar. Su padre le decía sin cesar:

"–¡Eh!, ten cuidado, Mateo, no te inclines demasiado, que te podrías lastimar.

"Pero el chico no respondía nada.

"Yo le decía a su padre:

"–Déjalo, si eso le divierte.

"Pero el padre volvía:

"–Vamos, Mateo, no te cuelgues así.

"Entonces, como el hijo no entendía, lo agarró por su traje para hacerlo entrar de nuevo en el vagón, y tiró.

"Pero entonces el cuerpo nos cayó sobre las rodillas. Ya no tenía cabeza, señora, había sido cortada por un túnel. Y el cuello ya ni siquiera sangraba; todo se había derramado a lo largo del camino...".

Una de las damas emitió un suspiro, cerró los ojos, y se inclinó hacia su vecina. Había perdido el conocimiento.

El miedo

A J.K. Huysmans

Volvimos a subir a cubierta después de la cena. Ante nosotros, el Mediterráneo no tenía el más mínimo temblor sobre toda su superficie, solo una gran luna tranquila tornasolaba. El ancho barco se deslizaba, lanzando al cielo, que parecía estar sembrado de estrellas, una gran serpiente de humo negro; detrás de nosotros, el agua blanquísima, agitada por el paso rápido del pesado buque, golpeada por la hélice, espumeaba, removía tantas claridades que parecía luz de luna burbujeando.

Ahí estábamos, unos seis u ocho, silenciosos, llenos de admiración, la vista vuelta hacia la lejana África, a donde nos dirigíamos. De pronto el comandante, que fumaba un cigarro en medio de nosotros, retomó la conversación de la cena.

—Sí, aquel día tuve miedo. Mi navío se quedó seis horas con esa roca en el vientre, golpeado por el mar. Afortunadamente, por la tarde nos recogió un barco carbonero inglés que nos había visto.

Entonces un hombre alto con el rostro quemado, de aspecto serio, uno de esos hombres que uno imagina que han cruzado largos países desconocidos, en medio de peligros incesantes, y cuyos ojos tranquilos parecen conservar, en su profundidad, algo de los países extraños que han visto; uno de esos hombres que uno adivina templados en el valor, habló por primera vez:

–Usted dice, comandante, que tuvo miedo; no le creo en absoluto. Usted se equivoca en la palabra y en la sensación que experimentó. Un hombre enérgico nunca tiene miedo ante un peligro apremiante. Está emocionado, agitado, ansioso; pero el miedo es otra cosa.

El comandante prosiguió, riéndose:

–¡Caray! Le vuelvo a decir que yo tuve miedo.

Entonces el hombre de tez morena dijo con una voz lenta:

–¡Permítame explicarme! El miedo (y hasta los hombres más intrépidos pueden tener miedo) es algo espantoso, una sensación atroz, como una descomposición del alma, un espasmo horroroso del pensamiento y del corazón, cuyo mero recuerdo provoca estremecimientos de angustia. Pero cuando se es valiente, esto no ocurre ni ante un ataque, ni ante la muerte inevitable, ni ante todas las formas conocidas de peligro: ocurre en ciertas circunstancias anormales, bajo ciertas influencias misteriosas frente a riesgos vagos. El verdadero miedo es como una reminiscencia de los terrores fantásticos de antaño. Un hombre que cree en los fantasmas y se imagina ver un espectro en la noche debe de experimentar el miedo en todo su espantoso horror.

”Yo adiviné lo que es el miedo en pleno día, hace unos diez años. Lo experimenté, el pasado invierno, una noche de diciembre.

”Y, sin embargo, he pasado por muchas vicisitudes, muchas aventuras que parecían mortales. He luchado a menudo. Unos ladrones me dieron por muerto. Fui condenado, como sublevado, a la horca en América, y arrojado al mar desde la cubierta de un buque frente a la costa de China. Todas las veces creí estar perdido e inmediatamente me resignaba, sin enternecimiento e incluso sin arrepentimientos.

"Pero el miedo no es eso.

"Lo presentí en África. Y, sin embargo, es hijo del Norte; el sol lo disipa como una niebla. Fíjense en esto, señores. Entre los orientales, la vida no vale nada; se resignan enseguida; las noches están claras y vacías de las sombrías preocupaciones que atormentan los cerebros en los países fríos. En Oriente, donde se puede conocer el pánico, se ignora el miedo.

"Pues bien, esto es lo que me ocurrió en esa tierra de África:

"Atravesaba las grandes dunas al sur de Uargla. Es éste uno de los países más extraños del mundo. Conocerán la arena lisa, la arena recta de las interminables playas del Océano. ¡Pues bien! Figúrense al mismísimo Océano convertido en arena en medio de un huracán; imaginen una silenciosa tormenta de inmóviles olas de polvo amarillo. Olas altas como montañas, olas desiguales, diferentes, totalmente levantadas como aluviones desenfrenados, pero más grandes aún, y estriadas como el moaré. Sobre ese mar furioso, mudo y sin movimiento, el sol devorador del sur derrama su llama implacable y directa. Hay que escalar aquellas láminas de ceniza de oro, volver a bajar, escalar de nuevo, escalar sin cesar, sin descanso y sin sombra. Los caballos jadean, se hunden hasta las rodillas y resbalan al bajar la otra vertiente de las sorprendentes colinas.

"Íbamos dos amigos seguidos por ocho espahíes y cuatro camellos con sus camelleros. Ya no hablábamos, rendidos por el calor, el cansancio, y resecos de sed como aquel desierto ardiente. De pronto uno de aquellos hombres dio una especie de grito; todos se detuvieron; permanecimos inmóviles, sorprendidos por un inexplicable fenómeno conocido por los viajeros en aquellas regiones perdidas.

"En algún lugar, cerca de nosotros, en una dirección indeterminada, redoblaba un tambor, el misterioso tambor de las dunas; sonaba con claridad, unas veces más vibrante, otras debilitado, deteniéndose, e iniciando de nuevo su redoble fantástico.

"Los árabes, espantados, se miraban; uno dijo, en su idioma: 'La muerte está sobre nosotros'. Y entonces, de pronto, mi compañero, mi amigo, casi mi hermano, se cayó del caballo, de cabeza, fulminado por una insolación.

"Y durante dos horas, mientras intentaba en vano salvarle, aquel tambor inalcanzable me llenaba el oído con su ruido monótono, intermitente e incomprensible; y sentía deslizarse por mis huesos el miedo, el verdadero miedo, el odioso miedo, frente al cadáver amado, en ese agujero incendiado por el sol entre cuatro montes de arena, mientras el eco desconocido nos arrojaba, a doscientas leguas de cualquier pueblo francés, el redoble rápido del tambor.

"Aquel día entendí lo que era tener miedo; y lo supe aún mejor en otra ocasión...

El comandante interrumpió al narrador:

—Perdone, señor, pero ¿aquel tambor? ¿Qué era?

El viajero contestó:

—No lo sé. Nadie lo sabe. Los oficiales, a menudo sorprendidos por ese ruido singular, lo suelen atribuir al eco aumentado, multiplicado, desmesuradamente inflado por las ondulaciones de las dunas, de una lluvia de granos de arena arrastrados por el viento al chocar con una mata de hierbas secas; ya que siempre se ha comprobado que el fenómeno se produce cerca de pequeñas plantas quemadas por el sol, y duras como el pergamino.

"Aquel tambor no sería más que una especie de espejismo del sonido. Eso es todo. Pero no lo supe hasta más tarde.

"Sigo con mi segunda emoción.

"Ocurrió el invierno pasado, en un bosque del noreste de Francia. El cielo estaba tan oscuro que la noche llegó dos horas antes. Tenía como guía a un campesino que andaba a mi lado, por un pequeñísimo camino, bajo una bóveda de abetos a los que el viento desenfrenado arrancaba aullidos. Entre las copas veía correr nubes desconcertadas, nubes enloquecidas que parecían huir ante un espanto. A veces, bajo una inmensa ráfaga, todo el bosque se inclinaba en el mismo sentido con un gemido de sufrimiento; y me invadía el frío, a pesar de mi paso ligero y mi ropa pesada.

"Teníamos que cenar y dormir en la casa de un guardabosque, cuya morada ya no quedaba muy lejos. Iba allí para cazar.

"A veces mi guía levantaba los ojos y murmuraba: "¡Qué tiempo tan triste!". Luego me habló de la gente a cuya casa llegábamos. El padre había matado a un cazador furtivo dos años antes y, desde entonces, parecía sombrío, como atormentado por un recuerdo. Sus dos hijos, ya casados, vivían con él.

"La noche era profunda. No veía nada delante de mí, ni a mi alrededor, y las ramas de los árboles chocaban entre sí llenando la noche de un incesante rumor. Finalmente vi una luz y enseguida mi compañero llamó a una puerta. Nos contestaron los gritos agudos de unas mujeres. Después una voz de hombre, una voz sofocada, preguntó: "¿Quién es?". Mi guía dio su nombre. Entramos. Fue un cuadro inolvidable.

"Un hombre viejo de pelo blanco y mirada loca, con la escopeta cargada en la mano, nos esperaba de pie en mitad de la cocina mientras dos mocetones, armados con hachas, vigilaban la puerta. Distinguí en los rincones oscuros a dos mujeres arrodilladas, con el rostro escondido contra la pared.

"Nos presentamos. El viejo volvió a poner su arma contra la pared y mandó que se preparara mi habitación; luego, como las mujeres no se movían, me dijo bruscamente:

"–Verá usted, señor; esta noche, hace dos años, maté a un hombre. El año pasado volvió para buscarme. Lo espero otra vez esta noche.

"Y añadió con un tono que me hizo sonreír:

"–Por eso no estamos tranquilos.

"Le tranquilicé como pude, feliz por haber venido precisamente aquella noche, y asistir al espectáculo de ese terror supersticioso. Conté varias historias y conseguí tranquilizarles a casi todos.

"Cerca del fuego, un viejo perro, bigotudo y casi ciego, uno de esos perros que se parecen a gente que conocemos, dormía con el morro entre las patas.

"Fuera, la tormenta encarnizada azotaba la pequeña casa y, a través de un estrecho cristal, una especie de mirilla situada cerca de la puerta, veía de pronto todo un revoltijo de árboles zarandeados violentamente por el viento a la luz de grandes relámpagos.

"Notaba perfectamente que, a pesar de mis esfuerzos, un terror profundo se había apoderado de aquella gente, y cada vez que dejaba de hablar, todos los oídos escuchaban a lo lejos. Cansado de presenciar aquellos temores estúpidos, iba a pedir acostarme, cuando el viejo guarda de pronto saltó de su silla, agarró de nuevo su escopeta, mientras tartamudeaba con una voz enloquecida:

"–¡Ahí está! ¡Ahí está! ¡Lo oigo!

"Las dos mujeres volvieron a caerse de rodillas en los rincones, escondiendo el rostro; y los hijos volvieron a agarrar sus hachas. Iba a intentar tranquilizarlos otra vez, cuando el perro dormido se despertó y, levantando la cabeza, tendiendo el cuello, mirando hacia el fuego con sus ojos casi apagados, dio uno de esos lúgubres aullidos que hacen estremecerse a los viajeros, de noche, en el campo. Todos los ojos se volvieron hacia él; ahora permanecía inmóvil, tieso sobre las patas, como atormentado por una visión; se echó de nuevo a aullar hacia algo invisible, desconocido, sin duda horroroso, ya que todo el pelo se le erizaba. El guarda, lívido, gritó:

"–¡Lo huele! ¡Lo huele! Estaba ahí cuando lo maté.

"Y las dos mujeres enloquecidas se pusieron a gritar con el perro.

"A mi pesar, un gran escalofrío me corrió entre los hombros. El ver al animal en aquel lugar, a aquella hora, en medio de aquella gente enloquecida, resultaba espantoso.

"Entonces, durante una hora, el perro aulló sin moverse; aulló como preso de angustia en un sueño; y el miedo, el espantoso miedo entró en mí; ¿el miedo a qué? ¿Lo sabré yo? Era el miedo, y punto.

"Permanecíamos inmóviles, lívidos, en espera de un acontecimiento horroroso, aguzando el oído, el corazón latiendo, descompuestos al menor ruido. Y el perro se puso a dar vueltas alrededor del cuarto, oliendo las paredes y siempre gimiendo. ¡Aquel animal nos volvía loco! Entonces el campesino que me había guiado se abalanzó sobre él, en una especie de paroxismo de terror furioso, y abriendo una puerta que daba a un pequeño patio, echó al animal afuera.

"Éste se calló enseguida, y nos quedamos sumidos en un silencio aún más terrorífico. Y de pronto todos a la par tuvimos una especie de sobresalto: un ser se deslizaba contra la pared, en el exterior, hacia el bosque; luego pasó junto a la puerta, que pareció palpar con una mano vacilante; no volvimos a oír nada más durante dos minutos que nos convirtieron en insensatos; luego volvió, siempre rozando la pared; y raspó ligeramente, como lo haría un niño con la uña; y de pronto una cabeza apareció contra el cristal de la mirilla, una cabeza blanca con ojos luminosos como los de una fiera. Y un sonido salió de su boca, un sonido indistinto, un murmullo quejumbroso.

"Entonces un estruendo formidable estalló en la cocina. El viejo guarda había disparado. Inmediatamente sus hijos se precipitaron, taparon la mirilla levantando la gran mesa que sujetaron con el aparador.

"Y les juro que al oír el estrépito del disparo que no me esperaba tuve tal angustia en el corazón, el alma y el cuerpo, que me sentí desfallecer y a punto de morir de miedo.

"Nos quedamos ahí hasta la aurora, incapaces de movernos, de decir una palabra, crispados en un enloquecimiento inefable.

"No nos atrevimos a desatrancar la salida hasta no ver, por la hendidura de un sobradillo, un fino rayo de día.

"Al pie del muro, junto a la puerta, yacía el viejo perro, con el hocico destrozado por una bala.

"Había salido del patio escarbando un agujero bajo una empalizada".

El hombre de rostro moreno se calló; luego añadió:

–Aquella noche no corrí ningún peligro, pero preferiría volver a empezar todas las horas en las que me enfrenté con los peligros más terribles, antes que el minuto único del disparo sobre la cabeza barbuda de la mirilla.

Carta de un loco

Querido doctor, me pongo en sus manos. Haga usted de mí lo que guste.

Voy a decirle con toda franqueza mi extraño estado de ánimo, y juzgue si no sería mejor que cuidasen de mí durante algún tiempo en una casa de salud, en vez de dejarme presa de las alucinaciones y sufrimientos que me atormentan.

Ésta es la historia, larga y exacta, de la singular enfermedad de mi alma.

Vivía yo como todo el mundo, mirando la vida con los ojos abiertos y ciegos del hombre, sin sorprenderme ni comprender. Vivía como viven las bestias, como vivimos todos, cumpliendo todas las funciones de la existencia, analizando y creyendo ver, creyendo saber, creyendo conocer lo que me rodea, cuando un día me di cuenta de que todo es falso.

Fue una frase de Montesquieu la que súbitamente iluminó mi pensamiento. Es ésta: "Un órgano de más o de menos en nuestra máquina nos hubiera dado una inteligencia distinta. En una palabra, todas las leyes asentadas sobre el hecho de que nuestra máquina es de una determinada forma serían diferentes si nuestra máquina no fuera de esa forma".

He pensado en esto durante meses, meses y meses, y poco a poco ha penetrado en mí una extraña claridad, y esa claridad ha creado ahí la oscuridad.

En efecto, nuestros órganos son los únicos intermediarios entre el mundo exterior y nosotros. Es decir, que el ser interior que constituye el yo se halla en contacto, mediante algunos hilillos nerviosos, con el ser exterior que constituye el mundo.

Pero, además de que ese ser exterior se nos escapa por sus proporciones, su duración, sus propiedades innumerables e impenetrables, sus orígenes, su futuro o sus fines, sus formas lejanas y sus manifestaciones infinitas, nuestros órganos, sobre la superficie que de él podemos conocer, no nos suministran otra cosa que informes tan inseguros como poco numerosos.

Inseguros, porque únicamente son las propiedades de nuestros órganos las que determinan para nosotros las propiedades aparentes de la materia.

Poco numerosos, porque al no ser nuestros sentidos más que cinco, el campo de sus investigaciones y la naturaleza de sus revelaciones se hallan necesariamente muy restringidos.

Me explico: la vista nos indica las dimensiones, las formas y los colores. Nos engaña en esos tres puntos.

No puede revelarnos otra cosa que los objetos y seres de dimensión media, proporcionados a la estatura humana, lo cual nos lleva a aplicar la palabra grande a determinadas cosas y la palabra pequeña a otras, sólo porque su debilidad no le permite conocer lo que es demasiado vasto o demasiado menudo para él. De ahí resulta que no se sabe ni se ve casi nada, que el universo casi entero le queda oculto, la estrella que habita el espacio y el animálculo que habita la gota de agua.

Incluso aunque tuviera cien millones de veces su potencia normal, aunque viese en el aire que respiramos todas las especies de seres invisibles, así como los habitantes de los planetas próximos, todavía quedarían numerosos infinitos de especies de animales más pequeños y mundos tan lejanos que jamás alcanzaría.

Así pues, todas nuestras ideas de proporción son falsas porque no hay límite posible en la magnitud ni en la pequeñez.

Nuestra apreciación sobre las dimensiones y las formas no tiene ningún absoluto al venir determinada únicamente por la potencia de un órgano y por una comparación constante con nosotros mismos.

Hemos de añadir que la vista todavía es incapaz de ver lo transparente. Un cristal sin defecto la engaña. Lo confunde con el aire, que tampoco ve.

Pasemos al color.

El color existe porque nuestra vista está hecha de modo que transmite al cerebro, en forma de color, las diversas formas en que los cuerpos absorben y descomponen, siguiendo su constitución química, los rayos luminosos que dan en ellos.

Todas las proporciones de esa absorción y de esa descomposición constituyen matices.

Así pues, este órgano impone a la inteligencia su modo de ver, mejor dicho, su forma arbitraria de constatar las dimensiones y de apreciar las relaciones de la luz y la materia.

Analicemos el oído.

Somos juguetes y víctimas, más todavía que en el caso de la vista, de ese órgano fantasioso.

Dos cuerpos, al chocar, producen cierta vibración de la atmósfera. Ese movimiento hace estremecerse en nuestra oreja cierta pielecilla que trueca inmediatamente en ruido lo que en realidad no es otra cosa que una vibración.

La naturaleza es muda. Pero el tímpano posee la propiedad milagrosa de transmitirnos en forma de sentidos, y de sentidos diferentes según el número de vibraciones, todos los estremecimientos de las ondas invisibles del espacio.

Esa metamorfosis realizada por el nervio auditivo en el breve trayecto de la oreja al cerebro nos ha permitido crear un arte extraño, la música, la más poética y precisa de las artes, vaga como un sueño y exacta como el álgebra.

¿Qué decir del gusto y del olfato? ¿Conoceríamos los perfumes y la calidad de los alimentos sin las propiedades peregrinas de nuestra nariz y nuestro paladar?

Sin embargo, la humanidad podría existir sin oído, sin gusto y sin olfato, es decir, sin ninguna noción del ruido, del sabor y del olor.

Si tuviéramos algunos órganos menos, desconoceríamos cosas admirables y singulares, pero si tuviéramos algunos más, descubriríamos a nuestro alrededor una infinidad de otras cosas que nunca supondremos por falta de medios para constatarlas.

Por lo tanto, nos equivocamos cuando juzgamos lo Conocido, y estamos rodeados de Desconocido inexplorado.

Por lo tanto, todo es inseguro, y puede apreciarse de diferentes maneras.

Todo es falso, todo es posible, todo es dudoso.

Formulemos esta certidumbre sirviéndonos del viejo proverbio: "Verdad a este lado de los Pirineos, error al otro lado".

Y decimos: verdad en nuestro órgano, error en el de al lado.

Dos y dos no deben ser cuatro fuera de nuestra atmósfera.

Verdad en la tierra, error más lejos, de donde deduzco que los misterios vislumbrados como la electricidad, el sueño hipnótico, la transmisión de la voluntad, la sugestión y todos los fenómenos magnéticos sólo siguen ocultos para nosotros porque la naturaleza no nos ha proporcionado el órgano o los órganos necesarios para comprenderlos.

Después de haberme convencido de que todo lo que me revelan mis sentidos sólo existe para mí tal como yo lo percibo, y de que sería totalmente diferente para otro ser organizado de otro modo, después de haber llegado a la conclusión de que una humanidad hecha de otra forma tendría sobre el mundo, sobre la vida y sobre todo ideas absolutamente opuestas a las nuestras, porque el acuerdo de las creencias sólo deriva de la similitud de los órganos humanos, y las divergencias de opiniones provienen únicamente de ligeras diferencias de funcionamiento de nuestros hilillos nerviosos, he hecho un esfuerzo de pensamiento sobrehumano para suponer lo impenetrable que me rodea.

¿Me he vuelto loco?

Me he dicho: "Estoy rodeado de cosas desconocidas". He supuesto al hombre desprovisto de orejas y he supuesto el sonido como suponemos tantos misterios ocultos; el hombre constata fenómenos acústicos cuya naturaleza y procedencia no podría determinar. Y he tenido miedo de todo lo que me rodea, miedo del aire, miedo de la oscuridad. Desde el momento en que no podemos conocer casi nada, y desde el momento en que todo es ilimitado, ¿qué es el resto? ¿No es el vacío? ¿Qué hay en el vacío aparente?

Y ese terror confuso de lo sobrenatural que acosa al hombre desde el nacimiento del mundo es legítimo, porque lo sobrenatural no es otra cosa que lo que permanece velado para nosotros.

Entonces he comprendido el espanto. Me ha parecido que rozaba constantemente el descubrimiento de un secreto del universo.

He intentado aguzar mis órganos, excitarlos, hacerles percibir por momentos lo invisible.

Me he dicho: "Todo es un ser. El grito que pasa en el aire es un ser comparable a la bestia, puesto que nace, produce un movimiento y se transforma incluso para morir. Por lo tanto, el espíritu pusilánime que cree en seres incorpóreos no se equivoca. ¿Quiénes son?".

¡Cuántos hombres los presienten, se estremecen cuando se acercan, tiemblan con su imperceptible contacto! Uno los siente a su lado, alrededor, pero es imposible distinguirlos, porque no tenemos los ojos que los verían, o mejor dicho el órgano desconocido que podría descubrirlos.

Sentía en mí, más que nadie, a esos transeúntes sobrenaturales. ¿Seres o misterios? ¿Lo sé acaso? No podría decir lo que son, pero siempre podría señalar su presencia. Y he visto —he visto un ser invisible— hasta donde puede verse a esos seres.

Permanecía noches enteras inmóvil, sentado ante mi mesa, con la cabeza entre las manos y pensando en esto, pensando en ellos. De pronto creí que una mano intangible, o más bien un cuerpo inasequible, rozaba ligeramente mi pelo. No me tocaba, por no ser de esencia carnal, sino de esencia imponderable, incognoscible.

Pero una noche oí crujir el entarimado a mis espaldas. Crujió de un modo singular. Me estremecí. Me volví. No vi nada. Y no volví a pensar en ello.

Pero al día siguiente, a la misma hora, se produjo el mismo ruido. Tuve tanto miedo que me levanté, seguro, completamente seguro de que no estaba solo en mi cuarto. No se veía nada, sin embargo. El aire estaba límpido y transparente en todas partes. Mis dos lámparas iluminaban todos los rincones.

El ruido no se repitió y fui calmándome poco a poco; sin embargo, permanecía inquieto y me volvía a menudo.

Al día siguiente me encerré a hora temprana, buscando la forma en que podría conseguir ver lo Invisible que me visitaba.

Y lo vi. Estuve a punto de morir de terror.

Había encendido todas las velas de mi chimenea y de mi lustro. La habitación estaba iluminada como para una fiesta. Sobre la mesa ardían mis dos lámparas.

Frente a mí, la cama, una vieja cama de roble con columnas. A la derecha, mi chimenea. A la izquierda, la puerta, con el cerrojo echado. A mi espalda, un grandísimo armario de luna. Me miré en él. Tenía unos ojos extraños y las pupilas muy dilatadas.

Luego me senté como todos los días.

La víspera y la antevíspera el ruido se había producido a las nueve y veintidós minutos. Esperé. Cuando llegó el momento preciso, percibí una sensación indescriptible, como si un fluido, un fluido irresistible hubiera penetrado en mí por todo mi interior, sumiendo mi alma en un espanto atroz. Y se produjo el crujido, justo a mi lado.

Me incorporé volviéndome tan deprisa que estuve a punto de caerme. Se veía como en pleno día, ¡pero yo no me vi en el espejo! Estaba vacío, claro, lleno de luz. Yo no estaba dentro, y sin embargo me hallaba enfrente. Lo miré con ojos enloquecidos. No me atrevía a avanzar hacia él, sintiendo que entre nosotros se interponía él, lo Invisible, y que me tapaba.

¡Qué miedo pasé! Y he aquí que empecé a verlo envuelto en bruma en el fondo del espejo, en una bruma como a través del agua; y me parecía que aquella agua fluía de izquierda a derecha, lentamente, volviéndome más preciso segundo a segundo. Era como el final de un eclipse. Lo que me tapaba no tenía contornos, sino una especie de transparencia opaca que iba aclarándose poco a poco.

Y finalmente pude verme con claridad, como hago todos los días cuando me miro.

¡Lo había visto!

Y no he vuelto a verlo.

Pero lo espero sin cesar, y siento que mi mente se extravía en esa espera.

Permanezco horas, noches, días y semanas delante del espejo esperándolo. ¡Ya no viene!

Ha comprendido que yo lo había visto. Pero yo sé que lo esperaré siempre, hasta la muerte, que lo esperaré sin descanso, delante de ese espejo, como un cazador al acecho.

Y en ese espejo empiezo a ver imágenes locas, monstruos, cadáveres horribles, toda clase de bestias espantosas, de seres atroces, todas las visiones inverosímiles que deben acosar la mente de los locos.

Ésta es mi confesión, querido doctor. Dígame qué debo hacer.

El loco

Cuando murió, presidía uno de los más altos tribunales de Justicia de Francia y era conocido por su trayectoria ejemplar. Se había ganado el profundo respeto de abogados, fiscales y jueces, que se inclinaban ante su elevada figura de rostro grave, pálido y enjuto y mirada penetrante.

Su única preocupación había consistido en perseguir a los criminales y defender a los más débiles. Los asesinos y los estafadores le tenían por su peor enemigo, ya que parecía ser capaz de leer sus pensamientos y adivinar las intenciones que ocultaban en los rincones más oscuros de sus almas.

Su muerte, a la edad de 82 años, había provocado una sucesión de homenajes y el pesar de todo un pueblo. Había sido escoltado hasta su tumba por soldados vestidos con pantalones rojos, e ilustres magistrados habían derramado sobre su ataúd lágrimas que parecían sinceras.

Sin embargo, poco después de su entierro, el notario descubrió un estremecedor documento en el escritorio donde solía guardar los sumarios de sus grandes casos. Su primera hoja estaba encabezada por el título: "¿POR QUÉ?".

I

20 de junio de 1851

Acabo de dictar sentencia. ¡He condenado a muerte a Blondel! Me pregunto por qué mató este hombre a sus cinco hijos. ¿Por qué? Uno se encuentra a menudo con personas para quienes el hecho de quitar la vida a otra parece suponer un placer. Sí, debe de ser un placer, quizá el mayor de todos. ¿Acaso matar no es lo que más se asemeja a crear? ¡Hacer y destruir! La historia del mundo, la historia del universo, todo lo que existe... absolutamente todo se resume en estas dos palabras. ¿Por qué es tan embriagador matar?

25 de junio

Un ser vive, anda, corre... ¿Un ser? ¿Qué es un ser? Es una cosa animada que contiene el principio del movimiento y una voluntad que dirige este principio. Pero esa cosa acaba convirtiéndose en nada. Sus pies carecen de raíces que los sujeten al suelo. Constituye un grano de vida que se mueve separado de la tierra; un grano de vida, procedente de un lugar que desconozco, que puede ser destruido por deseo de cualquiera. Entonces ya no es nada. Nada. Desaparece; se acaba.

26 de junio

¿Por qué es un crimen matar? ¿Por qué, si es la ley suprema de la Naturaleza? Todos los seres tienen esta misión: matar para vivir y vivir para matar.

Nuestra propia condición está sujeta a este hecho. Las bestias matan continuamente, durante todos los instantes de cada uno de los días de su vida. El hombre mata para alimentarse; pero, como también necesita matar por puro placer, ha inventado la caza. El niño mata a los insectos, a los pajaritos... a todos los animalitos que caen en sus manos. Todo ello no basta para calmar la irresistible necesidad que todos sentimos. Matar animales no es suficiente para nosotros; necesitamos también matar personas. Las civilizaciones antiguas satisfacían su ansia con sacrificios humanos. Hoy, vivir en sociedad nos ha obligado a convertir el asesinato en un grave delito y, como no podemos entregarnos libremente a este instinto natural, cada cierto tiempo desencadenamos una guerra para calmarlo. Así, todo un pueblo se dedica a aplastar a otro en un derroche de sangre que hace perder la cabeza a los ejércitos y que embriaga también a la población civil: mujeres y niños que, a la luz de las velas, leen por la noche el exaltado relato de las matanzas.

Sería lógico suponer que se desprecia a los que elegimos para llevar a cabo estas carnicerías. Pues bien, por el contrario, les tributamos homenaje y les cubrimos de honores. Se les engalana con resplandecientes vestiduras de oro y se atavían con sombreros de plumas. Les otorgamos títulos, cruces, recompensas de todo tipo. Son admirados por las mujeres y respetados y aplaudidos por las multitudes... ¡sólo porque su misión consiste en derramar sangre humana! Desfilan por las calles con sus herramientas de muerte mientras el ciudadano común, vestido de oscuro, los contempla con envidia. Matar es la ley suprema que la Naturaleza ha impreso en el corazón de cada ser. ¡No hay nada tan bello y honorable como matar!

30 de junio

Matar es la gran ley. La Naturaleza ama la juventud eterna y nos empuja a acabar con la vida sin que apenas nos demos cuenta. En cada una de sus manifestaciones parece apremiarnos gritando: "¡Rápido! ¡Rápido!". A medida que destruye se va renovando.

2 de julio

¿Qué es el ser? Todo y nada. A través del pensamiento es el reflejo de todo. A través de la memoria y de la ciencia es un resumen del mundo, porque guarda en sí la historia de éste. Como espejo de las cosas y reflejo de los hechos, cada ser humano se convierte en un universo dentro del Universo. Pero, al viajar y contemplar la diversidad de las etnias, el hombre se convierte en nada. ¡Ya no es nada! Desde la cumbre de una montaña no es posible distinguirlo. Cuando el barco se aleja de la orilla, plagada por la muchedumbre, sólo se divisa la costa. El ser es tan pequeño, tan insignificante, que desaparece. Crucen Europa en un tren rápido. Al mirar por la ventanilla verán hombres, hombres, siempre hombres; hombres innumerables y desconocidos que hormiguean por las calles, que hormiguean por los campos, mujeres despreciables cuyo único cometido se limita a parir y dar la comida al macho y estúpidos campesinos que sólo saben destripar glebas.

Viajad a China o a la India. Allí también verán agitarse a miles de millones de seres, que nacen, viven y mueren sin dejar otra huella que la de un insecto aplastado sobre el polvo de un camino. Vayan a las tierras de los negros, alojados en cabañas de barro, y a las de los árabes, cobijados bajo una lona parda que ondea al viento. Comprenderán que el ser aislado, el individuo, no es nada. Nada. A estos pueblos, que son sabios, no les inquieta la muerte. Para ellos el hombre no significa nada. Matan a sus enemigos sin piedad; es la guerra. Hace tiempo nosotros hacíamos lo mismo de provincia en provincia, de mansión en mansión.

Atraviesen el mundo y comprueben cómo hormiguean los humanos, innumerables y desconocidos. ¿Desconocidos? ¡Esta es la clave del problema! Matar constituye un crimen porque los seres están numerados. Cuando nacen se les da un nombre, se les registra, se les bautiza. ¡De eso se trata! La Ley los posee. El ser que no está inscrito no cuenta. Mátenlo en el desierto o en el páramo; mátenlo en la montaña o en la llanura. ¿Qué importa? La Naturaleza ama la muerte. ¡Ella no castiga!

Lo que, sin duda, es sagrado, es el Registro Civil. Él es quien defiende al individuo. El ser se convierte en sagrado cuando es inscrito en el Registro. Respeten al Dios legal. ¡Pónganse de rodillas ante el Registro Civil!

Al Estado le está permitido matar porque tiene derecho a modificar el Registro Civil. Cuando sacrifica a doscientos mil hombres en una guerra, los borra del Registro; sus escribanos, sencillamente, los suprimen. Acaban con ellos. Pero nosotros debemos respetar la vida; no podemos cambiar los libros de los ayuntamientos. ¡Yo te saludo, Registro Civil, divinidad gloriosa que reinas en los templos de los municipios! Eres más poderoso que la Naturaleza. ¡Ja, ja, ja!

3 de julio

Matar debe ser un extraño y maravilloso placer: tener delante de uno a un ser vivo capaz de pensar; hacerle un agujerito, sólo uno; ver cómo mana por él la sangre roja, que transporta la vida, y ya no tener delante más que un montón de carne inerte y fría, vacía de pensamientos.

5 de agosto

Me he pasado la vida juzgando y condenando, matando con mis palabras y con la guillotina a quienes habían asesinado con un cuchillo. ¡Yo! Si yo hiciera lo mismo que todos los hombres a quienes he castigado, ¿quién lo descubriría?

10 de agosto

Nadie lo sabría jamás. ¿Acaso sospecharían de mí, de mí, si elijo a un ser al que no tengo el menor interés en hacer desaparecer?

15 de agosto

La tentación ha penetrado en mí reptando como un gusano y se pasea por todo mi cuerpo. Se pasea por mi cabeza, que no piensa más que en matar; se pasea por mis ojos, que necesitan contemplar la sangre y ver morir; se pasea por mis oídos, que no dejan de escuchar algo terrible y desgarrador: el último grito de un ser; se pasea por mis piernas, que anhelan dirigirse al lugar donde ocurrirá; se pasea por mis manos, que tiemblan por la necesidad de matar.

¡Cuán extraordinario tiene que ser, tan propio de un hombre libre, dueño de su corazón, que está por encima de los demás y busca sensaciones refinadas!

22 de agosto

Ya no podía esperar más. He matado un animalito para ensayar, sólo para empezar.

Jean, mi criado, tenía un jilguero encerrado en una jaula que estaba colgada en la ventana de la cocina. Lo he mandado a hacer un recado y he aprovechado su ausencia para atrapar al pájaro. Lo he aprisionado con mi mano; sentía latir su corazón. Estaba caliente. Después he subido a mi cuarto. De vez en cuando apretaba con más fuerza al pajarito; su corazón latía más deprisa. Era tan atroz como delicioso. He estado a punto de ahogarlo, pero no habría visto su sangre.

He agarrado unas tijeritas de uñas y, con suavidad, le he cortado el cuello de tres tijeretazos. Abría el pico desesperadamente, tratando de respirar. Intentaba escapar, pero yo lo sujetaba con fuerza. ¡Vaya si lo sujetaba! ¡Habría sido capaz de sujetar a un dogo furioso! Por fin he visto correr la sangre. ¡Qué hermosa es la sangre roja, brillante, viva! La hubiera bebido con gusto. He mojado en ella la punta de mi lengua. Tiene un sabor agradable. ¡Pero el pobre jilguero tenía tan poca! No he tenido tiempo de disfrutar del espectáculo tanto como me hubiera gustado. Tiene que ser soberbio ver desangrarse a un toro.

Para terminar, he hecho lo mismo que los asesinos de verdad: he lavado las tijeras, me he enjuagado las manos y he tirado toda el agua. Después he llevado el cadáver al jardín para ocultarlo. Lo he enterrado debajo de una mata de fresas. Nunca lo encontrarán. Todos los días comeré un fruto de esa planta. ¡Uno puede disfrutar realmente de la vida si sabe cómo hacerlo!

Mi criado ha lamentado la pérdida del pajarito. Cree que se ha escapado. ¿Cómo va a sospechar de mí? ¡Ja, ja, ja!

25 de agosto

¡Necesito matar a una persona! ¡Tengo que hacerlo!

30 de agosto

Ya lo he hecho. ¡Qué poca cosa!
Había ido a pasear por el bosque de Vernes. Caminaba sin pensar en nada cuando, de repente, ha aparecido en el camino un chiquillo que iba comiéndose una tostada con mantequilla.

Se ha detenido para verme pasar y me ha saludado: "¡Hola, señor Presidente!".

En mi cabeza ha aparecido una idea muy clara: "¿Y si lo mato?".

Le he preguntado:

—¿Estás solo, muchacho?

—Sí, señor.

—¿Completamente solo en el bosque?

—Sí, señor.

Los deseos de matarlo me han embriagado como el vino. Me he acercado a él con sigilo, pensando que iba a tratar de huir. Lo he agarrado por la garganta y he apretado, he apretado con todas mis fuerzas. Me ha mirado aterrorizado con unos ojos espantosos. ¡Qué ojos! Eran muy redondos, profundos... ¡terribles! Jamás había experimentado una sensación tan brutal... pero tan breve. Sus manecitas se aferraban a mis puños mientras su cuerpo se retorcía. He seguido apretando hasta que quedó inmóvil.

Mi corazón latía con tanta fuerza como el del pájaro. He arrojado su cuerpo a la cuneta y lo he cubierto con hierbas.

Al volver a casa he cenado bien. ¡Qué poca cosa! Me sentía alegre, ligero, rejuvenecido. Después he pasado la velada en casa del prefecto. Todos los que allí se encontraban han juzgado mi conversación muy ingeniosa.

¡Pero no he visto la sangre! Aún no estoy tranquilo.

30 de agosto

Han descubierto el cadáver y buscan al asesino. ¡Ja, ja, ja!

1 de septiembre

Han detenido a dos vagabundos; pero no tienen pruebas.

2 de septiembre

Han venido a verme los padres llorando. ¡Ja,ja,ja!

6 de octubre

No se ha descubierto nada. Suponen que algún merodeador habrá cometido el crimen. ¡Ja, ja, ja! Estoy seguro de que estaría más tranquilo si hubiera visto correr la sangre.

18 de octubre

El ansia de matar sigue envenenándome. Es comparable con los delirios de amor que nos torturan a los veinte años.

20 de octubre

Otro más. Caminaba por la orilla del río después de almorzar. Era mediodía. Bajo un sauce dormía un pescador. En un campo cercano, sembrado de patatas, había una azada. Parecía que alguien la había dejado allí expresamente para mí.

La he agarrado, me he acercado, la he levantado como si se tratase de una maza y con el filo, de un solo golpe, le he partido la cabeza al pescador. ¡Oh! ¡Este sí que sangraba! Era una sangre muy roja que, mezclada con sus sesos, se deslizaba muy suavemente hacia el agua. Me he marchado sin que nadie me viera y con toda tranquilidad. ¡Yo habría sido un asesino excelente!

25 de octubre

Todo el mundo comenta el caso del pescador. Se acusa a su sobrino, que estaba pescando con él.

26 de octubre

El juez instructor del caso asegura que el sobrino es culpable. En la ciudad todo el mundo lo cree. ¡Ja, ja, ja!

27 de octubre

El sobrino se defiende muy mal. Afirma que había ido al pueblo a comprar pan y queso. Jura que mataron a su tío durante su ausencia. ¿Quién va a creerle?

28 de octubre

Han mareado tanto al sobrino que ha estado a punto de confesarse culpable. ¡Ja, ja, ja! ¡Vaya con la Justicia!

15 de noviembre

Tienen pruebas abrumadoras contra el sobrino. Era el único heredero de su tío. Yo presidiré el tribunal.

25 de enero

¡A muerte! ¡A muerte! ¡Le he condenado a muerte! ¡Ja, ja, ja! El fiscal habló como un ángel. ¡Ja, ja, ja! Uno más. Asistiré a su ejecución.

18 de marzo

Se acabó. Lo han guillotinado esta mañana. ¡Bien muerto está! Me ocasionó un grato placer. ¡Qué bello es ver cómo le cortan la cabeza a un hombre! La sangre ha brotado como una marea. Si hubiera podido, me habría bañado en ella. ¡Oh, qué maravilla tenderme debajo, dejar que empape mi rostro y mi cabello y levantarme teñido de rojo! ¡Si supieran...!

Pero ahora debo esperar. Puedo hacerlo. Cualquier descuido o imprudencia podría delatarme.

II

El manuscrito tenía muchas más páginas; pero ninguna de ellas relataba un nuevo asesinato.

Los psiquiatras que lo han estudiado aseguran que en el mundo existen muchos locos ignorados, tan hábiles y temibles como este monstruoso lunático.

Suicidas

No pasa un día sin que aparezca en los periódicos la relación de algún suceso como éste:

"Anoche, los vecinos de la casa número tal de la calle tal oyeron dos o tres detonaciones y, saliendo a la escalera para saber lo que ocurría, entre todos pudieron comprobar que se habían producido en el cuarto del señor X. Al abrir la puerta de dicho cuarto –después de llamar inútilmente– vieron al inquilino tendido en el suelo, sobre un charco de sangre y empuñando aún el revólver con el cual se había ocasionado la muerte.

"Se ignora la causa de tan funesta determinación, porque el señor X. vivía en posición desahogada y, teniendo ya cincuenta y siete años, disfrutaba de bastante salud."

¿Qué angustiosos tormentos, qué ocultas desdichas, qué horribles desencantos convierten a esas personas, al parecer felices, en suicidas?

Indagamos, presumimos dramas pasionales, misterios de amor, desastres de intereses, y como no se descubre jamás una causa precisa, cubrimos con una palabra esas muertes inexplicables: "Misterio, misterio".

Una carta escrita poco antes de morir, por uno de los muchos que "se suicidan sin motivo", cayó en mi poder. La juzgo interesante. No descubre ningún derrumbamiento, ninguna miseria espantosa, nada de lo extraordinario que se busca siempre para justificar una catástrofe; pero pone de relieve la sucesión de pequeños desencantos que desorganizan fatalmente la existencia solitaria de un hombre que ha perdido todas las ilusiones y acaso explique –a los nerviosos y a los sensitivos, al menos– la tragedia inexplicable de "suicidios inmotivados".

Leámosla:

"Son ya las doce de la noche. Cuando haya escrito esta carta, voy a matarme. ¿Por qué? Trato de razonar mi determinación, para darme cuenta yo mismo de que se impone fatalmente, de que no debo aplazarla.

"Mis padres eran gentes muy sencillas y crédulas. Yo creí en todo, como ellos.

"Mi engaño duró mucho. Hace poco, se desgarraron para mí los últimos jirones que me velaban la verdad; pero hace ya bastantes años que todos los acontecimientos de mi existencia palidecen. La significación de lo más brillante y atractivo se me presenta en su torpe realidad; la verdadera causa del amor llegó incluso a sustraerme de las poéticas ternuras.

"Nos engañan estúpidas y agradables ilusiones que se renuevan sin cesar.

"Envejeciendo, me había resignado a la horrible miseria de las cosas, a lo vano de todo esfuerzo, a lo inútil que resulta siempre la esperanza, cuando una luz nueva inundó el vacío de mi vida esta noche, después de comer.

"¡Antes yo era feliz! Todo me alegraba: las mujeres al pasar, las calles, mi vivienda, y aun la hechura de mis ropas constituía para mí una preocupación agra-

dable. Pero las mismas ideas, los mismos actos repetidos, monótonos, acabaron por sumergir mi alma en una laxitud espantosa.

"Todos los días, a la misma hora, durante treinta años, me levanté de la cama; y todos los días, en el mismo restaurante, durante treinta años, a las mismas horas, me servían los mismos platos mozos diferentes.

"Me propuse viajar. El aislamiento que sentimos en ciudades nuevas, en residencias desconocidas, me asustó. Me sentía tan abandonado sobre la tierra, tan insignificante, que volví a tomar el camino de mi casa.

"Y, entonces, la inmutable fisonomía de los muebles, fijos en el mismo lugar durante treinta años, las rozaduras de mis sillones, que yo conocí nuevos, el olor de mi casa —cada casa que habitamos, con el tiempo adquiere un olor especial— acabaron produciéndome náuseas y la negra melancolía de vivir mecánicamente.

"Todo se repite sin cesar y de un modo lamentable. Hasta la manera de introducir —al volver cada noche— la llave en la cerradura; el sitio donde siempre dejo los fósforos; la mirada que al entrar esparzo en torno de mi habitación, mientras el fósforo se inflama. Y todo me provoca —para verme libre de una existencia tan ruin— a tirarme por el balcón.

"Mientras me afeito, cada mañana me seduce la idea de degollarme, y mi rostro, el mismo siempre, que se refleja en el espejo con las mejillas cubiertas de jabón, muchas veces me hizo llorar de tristeza.

"Ni siquiera me complace tropezar con personas a las cuales veía con gusto hace tiempo; las conozco tanto que adivino lo que me dirán y lo que les diré; a fuerza de razonar con las mismas, descubrimos la ilación de sus ideas. Cada cerebro es como un circo donde un pobre caballo da vueltas. Por mucho que nos empeñemos en buscar otros caminos, por muchas cabriolas que hagamos, la pista no varía de forma ni

ofrece sucesos imprevistos ni abre puertas ignoradas. Hay que dar vueltas y más vueltas, pasando siempre por las mismas reflexiones, por los mismos chistes, por las mismas costumbres, por las mismas creencias, por los mismos desencantos.

"Al retirarme hoy a mi casa, una insistente niebla invadía el bulevar, oscureciendo los faroles de gas, que parecían candilejas. Pesaba el ambiente húmedo sobre mis hombros como una carga. Seguramente hago una digestión difícil.

"Y una buena digestión lo es todo en la vida. Ofrece inspiraciones al artista, deseos a los jóvenes enamorados, luminosas ideas a los pensadores, alegría de vivir a todo el mundo, y permite comer con abundancia, –lo cual es también una dicha. Un estómago enfermo conduce al escepticismo, a la incredulidad, engendra sueños terribles y ansias de muerte. Lo he notado con frecuencia. Es posible que no me matara esta noche, haciendo una buena digestión.

"Después de haberme acomodado en el sillón donde me siento hace treinta años todos los días, miré alrededor, creyéndome víctima de un desaliento espantoso.

"¿De qué medio valerme para escapar a mi razón macilenta, más horrible aun que la desordenada locura? Cualquier empleo, cualquier trabajo me parece más odioso que la acción en que vivo. Quise poner en orden mis papeles.

"Hacía tiempo que deseaba registrar los cajones de mi escritorio, porque durante los últimos treinta años había metido allí, al azar, las cartas y las cuentas. Aquel desorden llegó a preocuparme algunas veces; pero me horroriza una fatiga tal en cuanto me propongo un trabajo metódico y ordenado, que nunca me atreví a empezar.

"Esta noche me senté junto a mi escritorio y abrí, resuelto a preservar algunos papeles y romper la mayor parte.

"Me quedé de pronto pensativo ante aquel hacinamiento de hojas amarillentas; luego agarré una.

"¡Oh! Si aprecian en algo su vida, no toquen jamás las cartas viejas que guardan los cajones de su escritorio. Y si no pueden resistir la tentación de abrirlos, agarren a granel, con los ojos cerrados, los paquetes de cartas para tirarlos al fuego; no lean ni una sola frase, porque sólo ver la escritura olvidada y de pronto reconocida, los lanza en un océano de recuerdos; quemen esos papeles que matan; cuando estén hechas partículas, pisotéenlos para convertirlos en impalpables cenizas... Y si no lo hacen así, los anonadarán como acaban de anonadarme y destruirme.

"¡Ah! Las primeras cartas no me han interesado; eran de fechas recientes y de personas que viven y a las que veo, sin gusto, con alguna frecuencia. Pero, de pronto, la vista de un sobre me ha estremecido. Al reconocer los rasgos de la escritura se han cubierto mis ojos de lágrimas. Era la letra de mi mejor amigo, del compañero de mi juventud, del confidente de mis esperanzas. Y se me apareció tan claramente, con su bondadosa sonrisa, tendiéndome las manos, que sentí un escalofrío penetrante; hasta mis huesos vibraron. Sí, sí; los muertos vuelven. ¡Lo he visto! Nuestra memoria es un mundo más acabado aún que el universo; ¡puede hacer vivir hasta lo que no existe!

"Con la mano temblorosa y los ojos turbios, recorrí toda su carta, y en mi pobre corazón angustiado he sentido un desgarramiento espantoso. Mis lamentaciones eran tan lastimosas, como si me hubiesen magullado las carnes.

"Así he ido remontándome a través de mi vida, como remontamos un río, luchando contra la corriente. Aparecieron personas olvidadas, cuyos nombres no puedo recordar; pero su rostro sí lo recuerdo. En las cartas de mi madre resucitan criados antiguos, el aspecto de nuestra casa y mil detalles nimios que una inteligencia infantil recoge.

"Sí; he visto de pronto los vestidos que usó mi madre en distintas épocas y, según la moda y según el tocado, mostraba una fisonomía diferente. Sobre todo me obsesionaba con un traje de seda rameado, y recuerdo que un día, llevando aquel traje, me amonestó dulcemente: 'Roberto, hijo mío, si no procuras erguirte un poco, serás jorobado toda tu vida'.

"Luego, al abrir otro cajón, aparecieron las prendas marchitas de mis amores: un zapatito de baile, un pañuelo desgarrado, una liga de seda, trencitas de pelo, flores... Y las novelas de mi vida sentimental me sumergieron más en la triste melancolía de lo que no vuelve. ¡Ah! ¡Las frentes juveniles orladas con rubios cabellos, las manos acariciadoras, los ojos insinuantes, la sonrisa que promete un beso, el beso que asegura un paraíso!... Y ¡el primer beso!... Aquel beso delicioso, interminable, que ofusca la mirada, que abate la imaginación, que nos posee y nos glorifica, ofreciéndonos a la vez un goce ideal y la promesa de otros goces deseados.

"Agarrando con ambas manos aquellas prendas tristes de lejanas ternuras, las cubrí de caricias furiosas y en mi corazón desolado por los recuerdos sentía resonar cada hora de abandono, sufriendo un suplicio más cruel que las monstruosas leyendas infernales. ¡Ah! ¿Por qué las abandoné o por qué me abandonaron?

"Quedaba por ver una carta fechada hacía medio siglo. Me la dictó el maestro de escritura: 'Mamita de mi alma: hoy cumplo siete años. A esa edad ya se discurre; ya sé lo que te debo. Te juro emplear bien la vida que me has dado.

'Tu hijo que te adora, Roberto'.

"Me había remontado hasta el origen. El recuerdo era desconsolador. ¿Y el porvenir? Quise profundizar en lo que me faltaba de vida, y se me apareció la vejez espantosa y solitaria, con su cortejo de achaques y dolencias... ¡Todo acabado para mí! ¡Nadie junto a mí!

"El revólver está sobre la mesa... Es tentador...".

¡No lean nunca las cartas de otros tiempos! ¡No recuerden viejas memorias!... Así es como se matan muchos hombres en cuya plácida existencia no hallamos el verdadero motivo de su fatal resolución.

Junto a un muerto

Se moría poco a poco, como se mueren los tísicos. Todos los días lo veía sentarse a eso de las dos, bajo las ventanas del hotel, frente al mar, tranquilo, en un banco del paseo.

Permanecía algún tiempo inmóvil bajo el calor del sol, contemplando con ojos sombríos el Mediterráneo.

A veces dirigía una mirada hacia la alta montaña de cumbres brumosas que cierra el Mentón; luego, con un movimiento muy lento, cruzaba sus largas piernas, tan enflaquecidas que parecían dos huesos alrededor de los cuales flotaba el paño del pantalón, y abría un libro, siempre el mismo.

Entonces, sin variar de postura, leía, leía con los ojos y con el pensamiento: parecía que todo su pobre cuerpo desfalleciente leía, que su alma penetraba, se perdía, desaparecía en aquel libro hasta la hora en que el aire fresco lo hacía toser un poco. Entonces, levantándose, penetraba en el hotel.

Era un alemán alto, de barba rubia, que almorzaba y comía en su cuarto y no hablaba con nadie.

Una vaga curiosidad me atrajo hacia él. Un día me senté a su lado, teniendo yo también en la mano, por el bien parecer, un volumen de poesías de Musset.

Me puse a hojear Rolla.

De pronto mi compañero me preguntó en un francés muy correcto:

—¿Sabe usted alemán, caballero?

—Ni una palabra.

—Lo siento; porque, ya que la casualidad nos ha reunido, le hubiera prestado, le hubiera hecho fijarse en una cosa inestimable: este libro que aquí tengo.

—¿Qué libro es ése?

—Es un ejemplar de mi maestro Schopenhauer, anotado por él. Todas las márgenes, como puede usted ver, están cubiertas con su letra.

Tomé con respeto aquel libro y contemplé aquellos garabatos incomprensibles para mí, pero que revelaban el inmortal pensamiento del mayor destructor de sueños que ha pasado por el mundo.

Entonces los versos de Musset estallaron en mi memoria:

Voltaire:

¿Duermes contento, y tu sonrisa horrible envuelve aún tu rostro de ironía indecible?

Y comparé involuntariamente el sarcasmo infantil, el sarcasmo religioso de Voltaire con la irresistible ironía del filósofo alemán, cuya influencia es, a pesar de todo, imborrable.

Aunque muchos protesten, se enfaden, se indignen o se exalten, no hay duda de que Schopenhauer ha marcado a la humanidad con el sello de su desdén y de su desencanto.

Filósofo desengañado, ha derribado las creencias, las esperanzas, las poesías, las quimeras; ha destruido las aspiraciones, ha asolado la confianza de las almas, ha matado el amor, abatiendo el culto ideal de las mujeres, ha destrozado las ilusiones del corazón; realizó la obra más gigantesca de escepticismo que pudo intentarse. Todo lo ha aplastado con su burla. Hoy mismo, los que lo abominan llevan indudablemente, muy a pesar suyo, en sus ideas, reflejos de su pensamiento.

—¿Ha conocido usted en la intimidad a Schopenhauer? —pregunté al alemán.

—Hasta su muerte, caballero -contestó sonriendo con profundo aire de tristeza.

Me habló de él, refiriéndome la impresión casi sobrenatural que causaba aquel ser extraño a cuantos a él se acercaban.

Me contó la entrevista del "viejo demoledor" con un político francés, republicano, el cual, queriendo ver a aquel hombre, le encontró en una cervecería tumultuosa, sentado entre sus discípulos, seco, arrugado, riendo con una risa inolvidable, mordiendo y desgarrando las ideas y las creencias con una sola palabra, como un perro que de un mordisco deshace los tisúes con que está jugando, y me repitió la frase de aquel francés, que al irse, enloquecido y azorado, exclamaba: "He creído pasar una hora con el diablo".

Luego, añadió:

—En efecto, tenía una espantosa sonrisa que nos inspiró miedo hasta después de su muerte. Es una anécdota casi desconocida y que puedo contarle si le interesa.

Su voz cansada era interrumpida con frecuencia por los golpes de tos, mientras me refería lo siguiente:

—Schopenhauer acababa de morir, y convinimos que le velaríamos de dos en dos hasta la mañana siguiente.

"Estaba de cuerpo presente en una habitación, muy sencilla, amplia y sombría. Dos candelabros ardían sobre la mesa de noche.

"El rostro no estaba desfigurado. Sonreía. Aquella arruga que conocíamos tan bien se marcaba en el extremo de sus labios; nos parecía que iba a abrir los ojos, a moverse, a hablar.

"Su pensamiento, o mejor dicho, sus pensamientos nos envolvían; nos sentíamos más que nunca en la atmósfera de su genio, invadidos, poseídos por él. Su dominio nos parecía más soberano a la hora de su muerte. Un misterio se mezclaba con el poder incomparable de aquel espíritu.

"El cuerpo de esos hombres desaparece, pero ellos quedan; y en la noche que sigue a la paralización de su corazón, le aseguro, caballero, que se ofrecen de un modo espantoso.

"Hablábamos bajo, siempre de él, recordando frases, fórmulas, aquellas sorprendentes máximas, semejantes a fulgores que iluminasen con algunas palabras las tinieblas de la vida ignorada.

"–Me parece que va a hablar -dijo mi camarada.

"Y miramos, con una inquietud rayana en miedo, aquel rostro inmóvil que no dejaba de sonreír.

"Poco a poco sentimos cierto malestar, opresión y aun desfallecimiento.

"–No sé lo que tengo, pero te aseguro que estoy malo –balbuceé.

"Y entonces notamos que el cadáver olía mal.

"Mi compañero me propuso que nos trasladáramos al cuarto inmediato, dejando la puerta abierta; y yo acepté.

"Agarré uno de los candelabros que ardían en la mesa de noche, dejando allí el otro, y nos fuimos a sentar al otro extremo de la habitación de manera que pudiéramos ver desde nuestro sitio la cama y el muerto en plena luz.

"Pero nos obsesionaba de continuo; se hubiera dicho que su ser, inmaterial, libre, todopoderoso y dominante, rondaba en torno nuestro; y a veces, el infame olor del cuerpo descompuesto nos alcanzaba, nos penetraba, repugnante y vago.

"De pronto nos sentimos estremecidos hasta los huesos: un ruido, un leve ruido había salido del cuarto del muerto. Nuestras miradas se dirigieron hacia él y vimos, sí, señor, vimos perfectamente una cosa blanca deslizándose por encima de la cama para caer en el suelo, sobre la alfombra, y desaparecer debajo de una butaca.

"De pronto nos pusimos de pie, sin saber qué pensar, alocados por un terror estúpido, dispuestos a huir. Luego nos miramos el uno al otro. Estábamos horriblemente pálidos.

"El corazón nos latía con tal fuerza que se notaban sus latidos sobre nuestras levitas.

"Fui el primero en hablar.

"–¿Has visto?

"–Sí; he visto.

"–¿No está muerto?

"–Se halla en estado de putrefacción.

"–¿Qué vamos a hacer?

"Mi compañero, vacilante, dijo:

"–Hay que ir a verlo.

"Agarré nuestro candelabro y entré delante, registrando con la mirada la extensa habitación de rincones oscuros. Nada se movía. Me acerqué a la cama. Pero permanecí sobrecogido de estupefacción, de espanto: ¡Schopenhauer ya no sonreía! Tenía un gesto horrible: la boca apretada, las mejillas profundamente hundidas.

"–¡No está muerto! –exclamé.

"Pero el olor espantoso que me llegaba a las narices me sofocaba. No me movía, mirándolo con fijeza, tan turbado como ante una aparición.

"Entonces mi compañero, agarrando el otro candelabro, se agachó. Luego me tocó en el brazo, sin decirme una palabra. Siguiendo su mirada, descubrí en el suelo, bajo la butaca, al lado de la cama, muy blanca, sobre la oscura alfombra, abierta como para morder, la dentadura postiza de Schopenhauer.

"El trabajo de la descomposición, que afloja las mandíbulas, la había hecho salirse de la boca.

"Aquel día tuve realmente miedo, caballero".

Y como el sol se acercaba al mar resplandeciente, el alemán tísico se levantó y, después de saludarme, entró en el hotel.

La noche

Amo la noche con pasión. La amo, como uno ama a su país o a su amante, con un amor instintivo, profundo, invencible. La amo con todos mis sentidos, con mis ojos que la ven, con mi olfato que la respira, con mis oídos, que escuchan su silencio, con toda mi piel que las tinieblas acarician. Las alondras cantan al sol, en el aire azul, en el aire caliente, en el aire ligero de la mañana clara. El búho huye en la noche, sombra negra que atraviesa el espacio negro, y alegre, embriagado por la negra inmensidad, lanza su grito vibrante y siniestro.

El día me cansa y me aburre. Es brutal y ruidoso. Me levanto con esfuerzo, me visto con desidia y salgo con pesar, y cada paso, cada movimiento, cada gesto, cada palabra, cada pensamiento me fatiga como si levantara una enorme carga.

Pero cuando el sol desciende, una confusa alegría invade todo mi cuerpo. Me despierto, me animo. A medida que crece la sombra me siento distinto, más joven, más fuerte, más activo, más feliz. La veo espesarse, dulce sombra caída del cielo ahoga la ciudad como una ola inaprensible e impenetrable, oculta, borra, destruye los colores, las formas; oprime las casas, los seres, los monumentos, con su tacto imperceptible.

Entonces tengo ganas de gritar de placer como las lechuzas, de correr por los tejados como los gatos, y un impetuoso deseo de amar se enciende en mis venas.

Salgo, unas veces camino por los barrios ensombrecidos, y otras por los bosques cercanos a París donde oigo rondar a mis hermanas las fieras y a mis hermanos, los cazadores furtivos. Aquello que se ama con violencia acaba siempre por matarlo a uno.

Pero ¿cómo explicar lo que me ocurre? ¿Cómo hacer comprender el hecho de que pueda contarlo? No sé, ya no lo sé. Sólo sé que es.

El caso es que ayer –¿fue ayer?– Sí, sin duda, a no ser que haya sido antes, otro día, otro mes, otro año –no lo sé–. Debió ser ayer, pues el día no ha vuelto a amanecer, pues el sol no ha vuelto a salir. Pero, ¿desde cuándo dura la noche? ¿Desde cuándo...? ¿Quién lo dirá? ¿Quién lo sabrá nunca? El caso es que ayer salí como todas las noches después de la cena. Hacía, bueno, una temperatura agradable, hacía calor. Mientras bajaba hacia los bulevares, miraba sobre mi cabeza el río negro y lleno de estrellas recortado en el cielo por los tejados de la calle, que se curvaba y ondeaba como un auténtico torrente, un caudal rodante de astros. Todo se veía claro en el aire ligero, desde los planetas hasta las farolas de gas. Brillaban tantas luces allá arriba y en la ciudad que las tinieblas parecían iluminarse. Las noches claras son más alegres que los días de sol espléndido.

En el bulevar resplandecían los cafés; la gente reía, pasaba o bebía. Entré un momento al teatro; ¿a qué teatro? ya no lo sé. Había tanta claridad que me entristecí y salí con el corazón algo ensombrecido por aquel encuentro brutal de luz en el oro de los balcones, por el destello ficticio de la enorme araña de cristal, por la barrera de fuego de las candilejas, por la melancolía de esta claridad falsa y cruda.

Me dirigí hacia los Campos Elíseos, donde los café concert parecían hogueras entre el follaje. Radiantes de luz amarilla parecían pintados, parecían árboles fosforescentes. Y las bombillas eléctricas, semejantes a lunas destellantes y pálidas, a huevos de luna caídos del cielo, a perlas monstruosas, vivas, hacían palidecer bajo su claridad nacarada, misteriosa y real, los hilos del gas, del feo y sucio gas, y las guirnaldas de cristales coloreados.

Me detuve bajo el Arco del Triunfo para mirar la avenida, la larga y admirable avenida estrellada, que iba hacia París entre dos líneas de fuego, y los astros, los astros allá arriba, los astros desconocidos, arrojados al azar en la inmensidad donde dibujan esas extrañas figuras que tanto hacen soñar e imaginar.

Entré en el Bois de Boulogne y permanecí largo tiempo. Un extraño escalofrío se había apoderado de mí, una emoción imprevista y poderosa, un pensamiento exaltado que rozaba la locura.

Anduve durante mucho, mucho tiempo. Luego volví.

¿Qué hora sería cuando volví a pasar bajo el Arco del Triunfo? No lo sé. La ciudad dormía y nubes, grandes nubes negras se esparcían lentamente en el cielo.

Por primera vez sentí que iba a suceder algo extraordinario, algo nuevo. Me pareció que hacía frío, que el aire se espesaba, que la noche, que mi amada noche, se volvía pesada en mi corazón. Ahora la avenida estaba desierta. Solos, dos agentes de policía paseaban cerca de la parada de coches de caballos y, por la calzada iluminada apenas por las farolas de gas que parecían moribundas, una hilera de vehículos cargados con legumbres se dirigía hacia el mercado de Les Halles.

Iban lentamente, llenos de zanahorias, nabos y coles. Los conductores dormían, invisibles, y los caballos mantenían un paso uniforme, siguiendo al vehículo que los precedía, sin ruido sobre el pavimento de madera. Frente a cada una de las luces de la acera, las zanahorias se iluminaban de rojo, los nabos se iluminaban de blanco, las coles se iluminaban de verde, y pasaban, uno tras otro, estos coches rojos; de un rojo de fuego, blancos, de un blanco de plata, verdes, de un verde esmeralda.

Los seguí, y luego volví por la calle Royale y aparecí de nuevo en los bulevares. Ya no había nadie, ya no había cafés luminosos, sólo algunos rezagados que se apresuraban. Jamás había visto un París tan muerto, tan desierto. Saqué mi reloj. Eran las dos.

Una fuerza me empujaba, una necesidad de caminar. Me dirigí, pues, hacia la Bastilla. Allí me di cuenta de que nunca había visto una noche tan sombría, porque ni siquiera distinguía la columna de Julio, cuyo genio de oro se había perdido en la impenetrable oscuridad. Una bóveda de nubes, densa como la inmensidad, había ahogado las estrellas y parecía descender sobre la tierra para aniquilarla.

Volví sobre mis pasos. No había nadie a mi alrededor. En la Place du Château-d'Eau, sin embargo, un borracho estuvo a punto de tropezar conmigo, y luego desapareció. Durante algún tiempo seguí oyendo su paso desigual y sonoro. Seguí caminando. A la altura del barrio de Montmartre pasó un coche de caballos que descendía hacia el Sena. Lo llamé. El cochero no respondió. Una mujer rondaba cerca de la calle Drouot: "Escúcheme, señor". Aceleré el paso para evitar su mano tendida hacia mí. Luego nada. Ante el Vaudeville, un vagabundo rebuscaba en la cuneta. Su farol vacilaba a ras del suelo. Le pregunté:

−¿Amigo, qué hora es?

−¡Y yo qué sé! −gruñó−. No tengo reloj.

Entonces me di cuenta de repente de que las farolas de gas estaban apagadas. Sabía que en esta época del año las apagaban pronto, antes del amanecer, por economía; pero aún tardaría tanto en amanecer...

"Iré al mercado de Les Halles", pensé, "allí al menos encontré vida".

Me puse en marcha, pero ni siquiera sabía ir. Caminaba lentamente, como se hace en un bosque, reconociendo las calles, contándolas.

Ante el Crédit Lyonnais ladró un perro. Volví por la calle Grammont, perdido; anduve a la deriva, luego reconocí la Bolsa, por la verja que la rodea. Todo París dormía un sueño profundo, espantoso. Sin embargo, a lo lejos rodaba un coche de caballos, uno solo, quizá el mismo que había pasado junto a mí hacía un instante. Intenté alcanzarlo, siguiendo el ruido de sus ruedas a través de las calles solitarias y negras, negras como la muerte.

Una vez más me perdí. ¿Dónde estaba? ¡Qué locura apagar tan pronto el gas! Ningún transeúnte, ningún rezagado, ningún vagabundo, ni siquiera el maullido de un gato en celo. Nada.

"¿Dónde estaban los agentes de policía?", me dije. "Voy a gritar, y vendrán". Grité, no respondió nadie.

Llamé más fuerte. Mi voz voló, sin eco, débil, ahogada, aplastada por la noche, por esta noche impenetrable.

Grité más fuerte: "¡Socorro! ¡Socorro! ¡Socorro!".

Mi desesperada llamada quedó sin respuesta. ¿Qué hora era? Saqué mi reloj, pero no tenía fósforos. Oí el leve tic-tac de la pequeña pieza mecánica con una desconocida y extraña alegría. Parecía estar viva. Me encontraba menos solo. ¡Qué misterio! Caminé de nuevo como un ciego, tocando las paredes con mi bastón, levantando los ojos al cielo, esperando que por fin llegara el día; pero el espacio estaba negro, completamente negro, más profundamente negro que la ciudad.

¿Qué hora podía ser? Me parecía caminar desde hacía un tiempo infinito pues mis piernas desfallecían, mi pecho jadeaba y sentía un hambre horrible.

Me decidí a llamar a la primera cochera. Toqué el timbre de cobre, que sonó en toda la casa; sonó de una forma extraña, como si este ruido vibrante fuera el único del edificio. Esperé. No contestó nadie. No abrieron la puerta. Llamé de nuevo; esperé... Nada.

Tuve miedo. Corrí a la casa siguiente, e hice sonar veinte veces el timbre en el oscuro pasillo donde debía dormir el portero. Pero no se despertó, y fui más lejos, sacudiendo con todas mis fuerzas de las anillas o apretando los timbres, golpeando con mis pies, con mi bastón o mis manos todas las puertas obstinadamente cerradas.

Y de pronto, vi que había llegado al mercado de Les Halles. Estaba desierto, no se oía un ruido, ni un movimiento, ni un vehículo, ni un hombre, ni un manojo de verduras o flores. Estaba vacío, inmóvil, abandonado, muerto.

Un espantoso terror se apoderó de mí. ¿Qué sucedía? ¡Oh Dios mío! ¿Qué sucedía?

Me marché. Pero, ¿y la hora? ¿Y la hora? ¿Quién me diría la hora?

Ningún reloj sonaba en los campanarios o en los monumentos. Pensé: "Voy a abrir el cristal de mi reloj y tocaré la aguja con mis dedos". Saqué el reloj... ya no sonaba... se había parado. Ya no quedaba nada, nada, ni siquiera un estremecimiento en la ciudad, ni un resplandor, ni la vibración de un sonido en el aire. Nada. Nada más. Ni tan siquiera el rodar lejano de un coche, nada.

Me encontraba en los muelles, y un frío glacial subía del río.

¿Corría aún el Sena?

Quise saberlo, encontré la escalera, bajé... No oía la corriente bajo los arcos del puente... Unos escalones más... luego la arena... el fango... y el agua... hundí mi brazo, el agua corría, corría, fría, fría, fría... casi helada... casi detenida... casi muerta.

Y sentí que ya nunca tendría fuerzas para volver a subir... y que iba a morir allí abajo... yo también, de hambre, de cansancio, y de frío.

La cabellera

La celda tenía paredes desnudas, pintadas con cal. Una ventana estrecha y con rejas, horadada muy alto para que no se pudiera alcanzar, alumbraba el cuarto, claro y siniestro; y el loco, sentado en una silla de paja, nos miraba con una mirada fija, vacía y atormentada. Era muy delgado, con mejillas huecas, y el pelo casi cano que, se adivinaba, había encanecido en unos meses. Su ropa parecía demasiado ancha para sus miembros enjutos, su pecho encogido, su vientre hueco. Uno sentía que este hombre estaba destrozado, carcomido por su pensamiento, un Pensamiento, al igual que una fruta por un gusano. Su Locura, su idea estaba ahí, en esa cabeza, obstinada, hostigadora, devoradora. Se comía el cuerpo poco a poco. Ella, la Invisible, la Impalpable, la Inasequible, la Inmaterial Idea consumía la carne, bebía la sangre, apagaba la vida.

¡Qué misterio representaba este hombre aniquilado por un sueño! ¡Este Poseso daba pena, miedo y lástima! ¿Qué extraño, espantoso y mortal sueño vivía detrás de esa frente, que fruncía con profundas arrugas, siempre en movimiento?

El médico me dijo:

–Tiene unos terribles arrebatos de furia; es uno de los dementes más peculiares que he visto. Padece locura erótica y macabra. Es una especie de necrófilo. Además, ha escrito un diario que nos muestra de la forma más clara la enfermedad de su espíritu y en el que, por así decirlo, su locura se hace palpable. Si le interesa, puede leer ese documento.

Seguí al doctor hasta su gabinete y me entregó el diario de aquel desgraciado.

–Léalo –dijo–, y deme su opinión.

He aquí lo que contenía el cuaderno:

"Hasta los treinta y dos años viví tranquilo, sin amor. La vida me parecía sencillísima, generosa y fácil. Yo era rico. Me gustaban tantas cosas que no podía sentir pasión por ninguna en concreto. ¡Es estupendo vivir! Me despertaba feliz cada día, dispuesto a hacer las cosas que me gustaban, y me acostaba satisfecho, con la apacible esperanza de un mañana y un futuro sin preocupaciones.

"Había tenido algunas amantes sin haber sentido nunca mi corazón enloquecido por el deseo o mi alma herida por el amor después de la posesión. Es estupendo vivir así. Es mejor amar, pero es terrible. Los que aman como todo el mundo deben experimentar una felicidad apasionada, aunque quizás menor que la mía, porque el amor vino a mí de una manera increíble.

"Como era rico, buscaba muebles antiguos y objetos viejos; y a menudo pensaba en las manos desconocidas que habían palpado esas cosas, en los ojos que las habían admirado, en los corazones que las habían querido, ¡porque se quieren las cosas! A menudo permanecía durante horas y horas mirando un pequeño reloj del siglo pasado. Era una preciosidad, con su esmalte y su oro cincelado. Y seguía funcionando como el día en que lo compró una mujer, encantada de poseer esa fina joya. No había dejado de latir, de vivir su vida mecánica, y seguía siempre con su tictac regular, desde una época pasada.

"¿Quién habría sido la primera en llevarlo sobre su pecho, entre los tejidos tibios, mientras el corazón del reloj latía junto a su corazón de mujer? ¿Qué mano lo habría tenido entre la punta de los dedos cálidos, mirándolo por ambas caras una y otra vez y limpiando luego los pastores de porcelana empañados un segundo por el sudor de la piel? ¿Qué ojos habrían acechado en la esfera florida la hora esperada, la hora querida, la hora divina?

"¡Cómo me habría gustado ver, conocer a aquella mujer que había elegido este objeto exquisito y raro! ¡Pero está muerta! ¡Estoy poseído por el deseo de las mujeres de antaño, amo, desde lejos, a todas aquellas que han amado! La historia de los cariños pasados me llena el corazón de pesar. ¡Oh, la belleza, las sonrisas, las jóvenes caricias, las esperanzas! ¿No debería ser eterno todo esto?

"¡Cuánto he llorado, durante noches enteras, pensando en las pobres mujeres de otro tiempo, tan bellas, tan tiernas, tan dulces, cuyos brazos se abrieron para el beso, y ya muertas! ¡El beso es inmortal! ¡Va de boca en boca, de siglo en siglo, de edad en edad; los hombres lo recogen, lo dan y mueren!

"El pasado me atrae, el presente me asusta porque el futuro es muerte. Lamento todo lo que se ha hecho, lloro por todos los que han vivido; quisiera detener el tiempo, detener la hora. Pero ella pasa, se va y me quita segundo tras segundo un poco de mí para la nada de mañana. Y no volveré a vivir nunca más.

"Adiós, mujeres de ayer. Las amo.

"Pero no tengo de qué quejarme. Encontré a aquélla a la que yo esperaba; y gracias a ella he disfrutado de placeres increíbles.

"Una mañana soleada iba vagabundeando por París, con el alma alegre y el pie ligero, mirando las tiendas con un vago interés de paseante ocioso. De pronto, en una tienda de antigüedades vi un mueble italiano del siglo XVII. Era hermoso y muy raro. Se lo atribuí a un artista veneciano llamado Vitelli, muy famoso en su época.

"Y seguí mi camino.

"¿Por qué me persiguió el recuerdo de ese mueble con tanta fuerza, haciéndome volver atrás? Me detuve ante la tienda para verlo de nuevo y sentí que me tentaba.

"La tentación es algo tan singular... Miramos un objeto y éste, poco a poco, nos seduce, nos turba, nos invade como lo haría un rostro de mujer. Su encanto entra en nosotros; extraño encanto que viene de su forma, de su color, de su fisonomía de cosa; y ya lo amamos, lo deseamos, lo queremos. Una necesidad de posesión nos invade, una necesidad débil al principio, como tímida, pero que crece, se hace violenta, irresistible.

"Y los comerciantes parecen adivinar en la llama de la mirada ese deseo secreto y creciente.

"Compré el mueble e hice que me lo llevaran inmediatamente a casa, poniéndolo en mi habitación.

"¡Oh, cómo compadezco a quienes desconocen esa luna de miel entre el coleccionista y el objeto que acaba de comprar! Lo acaricia con la mirada y la mano como si fuera de carne; vuelve a su lado en cualquier momento, piensa siempre en él vaya donde vaya, haga lo que haga. Su recuerdo vivo lo sigue en la calle, por el mundo, en todos los lados; y cuando vuelve a casa, antes incluso de quitarse los guantes y el sombrero, corre a contemplarlo con una ternura de amante.

"Realmente, durante ocho días adoré ese mueble. Abría en todo momento sus puertas, sus cajones; lo tocaba extasiado, disfrutando de todos los placeres íntimos de la posesión.

"Pero una tarde, mientras palpaba el espesor de un compartimiento, me di cuenta de que debía de ocultar un escondite. Los latidos de mi corazón se aceleraron y me pasé la noche buscando el secreto sin llegar a descubrirlo.

"Lo conseguí al día siguiente, al introducir la hoja de una navaja en una hendidura del entablado. Una plancha se deslizó y percibí, extendida sobre un fondo de terciopelo negro, una maravillosa cabellera de mujer.

"Sí, una cabellera: una enorme trenza de cabellos rubios, casi pelirrojos, que debían de haber sido cortados junto a la piel y estaban atados por una cuerda de oro.

"¡Me quedé estupefacto, aturdido, temblando! Un perfume casi insensible, tan antiguo que parecía ser el alma de un olor, se escapaba del misterioso cajón y de la sorprendente reliquia.

"La agarré, despacio, casi religiosamente, y la saqué de su escondite. Entonces se liberó, derramándose en un torrente dorado que cayó hasta el suelo, espeso y ligero, ágil y brillante como la cola de fuego de un cometa.

"Una extraña emoción se apoderó de mí. ¿Qué era aquello? ¿Cuándo? ¿Cómo? ¿Por qué habían ocultado esos cabellos en el mueble? ¿Qué aventura, qué drama escondía ese recuerdo?

"¿Quién los había cortado? ¿Un amante en un día de despedida? ¿Un marido en un día de venganza? ¿O la que los había llevado en su frente en un día de desesperación?

"¿Fue antes de entrar en un convento cuando se arrojó ahí esa fortuna de amor, como una prenda dejada al mundo de los vivos? ¿Fue en el momento de cerrar la tumba de la joven y hermosa muerta cuando quien la adoraba se había quedado el cabello que embellecía su cabeza, lo único que podía conservar de ella, la única parte viva de su carne que no podía pudrirse, la única que podía amar todavía y acariciar y besar en sus momentos de rabia y de dolor?

"¿No resultaba extraño que esa cabellera hubiera permanecido incólume, cuando ya no quedaba ni un ápice del cuerpo del que había nacido?

"Fluía entre mis dedos, me hacía cosquillas en la piel con una caricia singular, una caricia de muerta. Me sentía conmovido, como si fuera a llorar.

"La conservé largo tiempo entre mis manos, y me pareció que se movía como si una parte de su alma se hubiera quedado escondida en ella. Entonces la volví a poner sobre el terciopelo deslustrado por el tiempo, cerré el cajón y el mueble y me fui a recorrer las calles para soñar.

"Caminaba siempre de frente, preso de tristeza, y también de desconcierto, de ese desconcierto que se nos queda en el corazón tras un beso de amor. Me parecía que ya había vivido antaño, que debía de haber conocido a aquella mujer

"Y los versos de Villon subieron a mis labios como lo haría un sollozo

Díganme dónde, en qué país
está Flora, la bella romana
Archipiade y Taís
que fue su prima hermana.
Eco, voz que lleva la fama
bajo río o bajo estanque;
cuya belleza fue más que humana.
Mas ¿dónde están las nieves de antaño?
....
La reina Blanca como un lis
que cantaba con voz de sirena,

Berta la del gran pie, Beatriz, Alix
y Haremburgis, que obtuvo el Maine,
y Juana, la buena lorena
que los ingleses quemaran en Ruán...
¿Dónde están, Virgen soberana?
Mas ¿dónde están las nieves de antaño!

"Cuando regresé a casa, sentí un deseo irresistible
de volver a ver mi extraño hallazgo; y lo agarré de
nuevo, y sentí, al tocarlo, un largo escalofrío que me
recorría el cuerpo.

"Durante unos días, sin embargo, permanecí en mi
estado habitual, aunque ya no me abandonaba el vivo
recuerdo de aquella cabellera.

"En cuanto volvía a casa, necesitaba verla y tocarla.
Daba la vuelta a la llave del armario con ese estremecimiento que tenemos al abrir la puerta de nuestra amada,
ya que sentía en las manos y en el corazón una necesidad confusa, singular, continua, sensual de bañar mis
dedos en aquel arroyo encantador de cabellos muertos.

"Luego, cuando había acabado de acariciarla, cuando había cerrado de nuevo el mueble, seguía sintiéndo-
la allí como si fuera un ser viviente, escondido, prisionero; y la sentía y la deseaba otra vez; tenía de nuevo la
necesidad imperiosa de volver a agarrarla, de palparla,
de excitarme hasta el malestar con aquel contacto frío,
escurridizo, irritante, enloquecedor, delicioso.

"Viví así un mes o dos, ya no lo sé. Ella me obsesionaba, me atormentaba. Estaba feliz y torturado, como
en una espera de amor, como después de las confesio-
nes que preceden al abrazo.

"Me encerraba a solas con ella para sentirla sobre mi
piel, para hundir mis labios en ella, para besarla, mor-
derla. La enroscaba alrededor de mi rostro, la bebía,
ahogaba mis ojos en su onda dorada, con el fin de ver
el día rubio a través de ella.

"¡La amaba! Sí, la amaba. Ya no podía pasar sin ella, ni estar una hora sin volver a verla.

"Y esperaba... esperaba... ¿qué? No lo sabía. La esperaba a ella.

"Una noche me desperté bruscamente con el pensamiento de que no me encontraba solo en mi habitación.

"Sin embargo, estaba solo. Pero no pude volver a dormirme; y como me agitaba en una fiebre de insomnio, me levanté para ir a tocar la cabellera. Me pareció más suave que de costumbre, más animada. ¿Regresan los muertos? Los besos con los que la excitaba me hacían desfallecer de felicidad; y me la llevé a mi cama, y me acosté, oprimiéndola contra mis labios, como una amante a la que se va a poseer.

"¡Los muertos regresan! Ella vino. Sí, la he visto, la he tenido entre mis brazos, la he poseído, tal como era cuando estaba viva antaño, alta, rubia, exuberante, los senos fríos, la cadera en forma de lira; y he recorrido con mis caricias esa línea ondeante y divina que va desde la garganta hasta los pies, siguiendo todas las curvas de la carne.

"Sí, la he tenido, todos los días y todas las noches. Ha vuelto, la Muerta, la bella Muerta, la Adorable, la Misteriosa, la Desconocida, todas las noches.

"Mi felicidad fue tan grande que no pude esconderla. Junto a ella experimentaba un arrobamiento sobrehumano, ¡la alegría profunda, inexplicable de poseer lo Inasequible, lo Invisible, la Muerta! ¡Ningún amante ha disfrutado nunca de gozos más ardientes, más terribles!

"No supe esconder mi felicidad. La amaba tanto que ya no quería estar sin ella. La llevaba conmigo, siempre, a todas partes. La paseaba por la ciudad como si fuera mi esposa, y la llevaba al teatro en palcos con rejas, como si fuera mi amante... Pero la vieron... adivinaron... me la quitaron... Y me han metido en la cárcel, como un malhechor. Me la quitaron... ¡Oh! ¡Miseria!...".

El manuscrito se detenía ahí. Y de pronto, mientras dirigía una mirada despavorida hacia el médico, un grito espantoso, un aullido de furor impotente y de deseo exasperado se alzó en el manicomio.

—Escúchelo —dijo el doctor—. Hay que duchar cinco veces al día a ese loco obsceno. El sargento Bertrand no fue el único en amar a las muertas.

Balbuceé, emocionado de asombro, horror y piedad:

—Pero... esa cabellera... ¿existe realmente?

El médico se levantó, abrió un armario lleno de frascos y de instrumentos y me lanzó una larga centella de cabellos rubios que voló hacia mí como un pájaro de oro.

Me estremecí al sentir entre mis manos su tacto acariciador y ligero. Y me quedé con el corazón latiendo de repugnancia y de deseo, de repugnancia como al contacto de los objetos arrastrados en crímenes, de deseo como ante la tentación de algo infame y misterioso.

El médico prosiguió encogiéndose de hombros:

—La mente del hombre es capaz de cualquier cosa.

¿Quién sabe?

I

¡Señor! ¡Señor! Al fin tengo ocasión de escribir lo que me ha ocurrido. Pero ¿me será posible hacerlo? ¿Me atreveré? ¡Es una cosa tan extravagante, tan inexplicable, tan incomprensible, tan loca!

Si no estuviese seguro de lo que he visto, seguro también de que en mis razonamientos no ha habido un fallo, ni en mis comprobaciones un error, ni una laguna en la inflexible cadena de mis observaciones, me creería simplemente víctima de una alucinación, juguete de una extraña locura. Después de todo, ¿quién sabe?

Me encuentro actualmente en un sanatorio; pero si entré en él ha sido por prudencia, por miedo. Sólo una persona conoce mi historia: el médico de aquí; pero voy a ponerla por escrito. Realmente no sé para qué. Para librarme de ella, tal vez, porque la siento dentro de mí como una intolerable pesadilla.

Mire:

He sido siempre un solitario, un soñador, una especie de filósofo aislado, bondadoso, que se conformaba con poco, sin acritudes contra los hombres y sin rencores contra el cielo. He vivido solo, en todo tiempo, porque la presencia de otras personas me produce una especie de molestia. No es que me niegue a tratar con la gente, a conversar o a cenar con amigos, pero cuando llevan mucho rato cerca de mí, aunque sean mis más cercanos familiares, me cansan, me fatigan, me enervan, y experimento un anhelo cada vez mayor, más agobiante, de que se marchen, o de marcharme yo, de estar solo.

Este anhelo es más que un impulso, es una necesidad irresistible. Y si las personas en cuya compañía me encuentro siguiesen a mi lado, si me viese obligado, no a prestar atención, pero ni siquiera a escuchar sus conversaciones, me daría, con toda seguridad, un ataque. ¿De qué clase? No lo sé. ¿Un síncope, tal vez? Sí, probablemente.

Tanto me agrada estar solo, que ni siquiera puedo soportar que otras personas duerman bajo el mismo techo que yo. No vivo en París, porque sería para mí una perpetua agonía. Me siento morir moralmente, es para mí un martirio del cuerpo y de los nervios esa muchedumbre inmensa que hormiguea, que se mueve a mi alrededor, hasta cuando duerme. Porque, aún más que la palabra de los demás, me resulta insufrible su sueño. Cuando sé, cuando tengo la sensación de que, detrás de la pared, existen vidas que se ven interrumpidas por esos eclipses regulares de la razón, no puedo ya despertar.

¿Por qué soy de esta manera? ¡Quién lo sabe! Es imposible que la razón de todo esto sea muy sencilla; todo lo que ocurre fuera de mí me cansa muy pronto. Y son muchos los que se encuentran igual.

En la tierra vivimos gentes de dos razas. Los que tienen necesidad de los demás, aquellos a quienes los demás distraen, ocupan, sirven de descanso, y a los que la soledad cansa, agota, aniquila, lo mismo que la ascensión a un nevero o la travesía de un desierto, y aquellos otros a los que, por el contrario, los demás cansan, molestan, cohíben, abruman, en tanto que el aislamiento los tranquiliza, les proporciona un baño de descanso en la independencia y en la fantasía de sus meditaciones.

En resumidas cuentas, se trata de un fenómeno psíquico normal. Unos tienen condiciones para vivir hacia afuera; otros, para vivir hacia adentro. En mí se da el caso de que la atención exterior es de corta duración y se agota pronto, y cuando llega a su límite, me acomete en todo mi cuerpo y en toda mi alma un malestar intolerable.

Como consecuencia de todo lo que antecede, yo me apego, es decir, estaba fuertemente apegado a los objetos inanimados, que vienen a adquirir para mí una importancia de seres vivos. Mi casa se convierte, se había convertido en un mundo en el que yo llevaba una vida solitaria, pero activa, en medio de aquellas cosas: muebles, objetos familiares, que eran para mí como otros tantos rostros simpáticos. Había ido llenándola poco a poco, adornándola con ellos, y me sentía contento y satisfecho allí dentro, feliz como en los brazos de una mujer agradable cuya diaria caricia se ha convertido en una necesidad suave y sosegada.

Hice construir aquella casa en el centro de un hermoso jardín que la aislaba de los caminos concurridos, a un paso de una ciudad en la que me era dable encontrar, cuando se despertaba en mí tal deseo, los recursos que ofrece la vida social. Todos mis criados dormían en un pabellón muy alejado de la casa, situado en un extremo de la huerta, que estaba cercada con una pared muy alta. Tal era el agrado y el descanso que encontraba al verme envuelto en la oscuridad de las noches, en medio del silencio de mi casa, perdida, oculta, sumergida bajo el ramaje de los grandes árboles, que todas las noches permanecía varias horas para saborearlo, costándome trabajo meterme en la cama.

El día de que voy a hablar habían representado Sigurd en el teatro de la ciudad. Era aquélla la primera vez que asistía a la representación de ese bello drama musical y fantástico, y me produjo un vivo placer.

Regresaba a mi casa a pie, con paso ágil, llena la cabeza de frases musicales y la pupila de lindas imágenes de un mundo de hadas. Era noche cerrada, tan cerrada que apenas se distinguía la carretera y estuve varias veces a punto de tropezar y caer en la cuneta. Desde el puesto de arbitrios hasta mi casa hay cerca de un kilómetro, tal vez un poco más, o sea veinte minutos de marcha lenta. Sería la una o la una y media de la madrugada; se aclaró un poco el firmamento y surgió delante de mí la luna, en su triste cuarto menguante. La media luna del primer cuarto, es decir, la que aparece a las cuatro o cinco de la tarde, es brillante, alegre, plateada; pero la que se levanta después de la medianoche es rojiza, triste, inquietante; es la verdadera media luna del día de las brujas. Esta observación han debido hacerla todos los noctámbulos. La primera, aunque sea delgada como un hilo, despide un brillo alegre que regocija el corazón y traza en el suelo sombras bien dibujadas; la segunda apenas derrama una luz mortecina, tan apagada que casi no llega a formar sombras.

Distinguí a lo lejos la masa oscura de mi jardín y, sin que yo supiese de dónde me venía, se apoderó de mí un malestar al pensar que tenía que entrar en él. Acorté el paso. La temperatura era muy suave. Aquella gruesa mancha del arbolado parecía una tumba dentro de la cual estaba sepultada mi casa.

Abrí la puerta y penetré en la larga avenida de sico-
moros que conduce hasta el edificio y que forma una
bóveda arqueada como un túnel muy alto, a través
de bosquecillos opacos unas veces y bordeando otras
los céspedes en que los encañados de flores estampa-
ban manchones ovalados de tonalidades confusas en
medio de las pálidas tinieblas.

Una consternación singular se apoderó de mí al
encontrarme ya cerca de la casa. Me detuve. No se
oía nada. Ni el más leve soplo de aire circulaba entre
las hojas. "¿Qué es lo que me pasa?", pensé. Muchas
veces había entrado de aquella manera desde hacía
diez años, y jamás sentí el más leve desasosiego. No
era que tuviese miedo. Jamás lo tengo durante la
noche. Si me hubiese encontrado con un hombre,
con un merodeador, con un ladrón, todo mi ser físi-
co habría experimentado una sacudida de furor y
habría saltado encima de él sin la menor vacilación.
Iba, además, armado. Llevaba mi revólver, porque
quería resistir a aquella influencia recelosa que ger-
minaba en mí.

¿Qué era aquello? ¿Un presentimiento? ¿El presentimiento misterioso que se apodera de los sentidos del
hombre cuando va a encontrarse frente a lo inexplicable? ¡Quién sabe!

A medida que avanzaba, me corrían escalofríos por
la piel; cuando me hallé frente al muro de mi gran
palacio, que tenía las contraventanas echadas, tuve
la sensación de que tendría que dejar pasar algunos
minutos antes de abrir la puerta y entrar. Me senté en
un banco que había debajo de las ventanas del salón. Y
allí me quedé, un poco trémulo, con la cabeza apoyada
en la pared y los ojos abiertos y clavados en la sombra
del arbolado. Nada de extraordinario advertí a mi alrededor en aquellos primeros instantes. Me zumbaban
algo los oídos, pero ésta es una cosa que me ocurre

con frecuencia. A veces creo oír trenes que pasan o campanas que tocan o el pataleo de muchedumbres en marcha.

Pero aquellos ruidos interiores se hicieron más netos, más precisos, más identificables. Me había engañado. No era el bordoneo habitual de mis arterias el que me llenaba los oídos con aquellos rumores; era un ruido muy característico y, sin embargo, muy confuso, que procedía, sin duda alguna, del interior de la casa.

Distinguía aquel ruido continuo a través del muro, tenía casi más de movimiento que de ruido, un confuso ajetreo de una multitud de objetos, como si moviesen, cambiasen de sitio y arrastrasen con mucha prudencia todos mis muebles.

Estuve largo rato sin dar crédito a mis oídos; pero aplicando la oreja a una de las contraventanas para distinguir mejor aquel extraño ajetreo que parecía tener lugar dentro de mi casa, quedé plenamente convencido, segurísimo, de que algo anormal e incomprensible ocurría. No sentía miedo, pero estaba..., ¿cómo lo diré?, asustado de asombro. No preparé mi revólver, porque tuve la intuición segura de que no me haría falta. Esperé.

Esperé largo rato, sin decidirme a actuar, con la inteligencia lúcida, pero dominado por una loca inquietud. Esperé de pie y seguí escuchando el ruido, cada vez mayor, que adquiría por momentos una intensidad violenta, hasta parecer un refunfuño de impaciencia, de cólera, de motín misterioso.

Me entró de pronto vergüenza de mi cobardía, agarré el manojo de llaves, elegí la que me hacía falta, la metí en la cerradura, di dos vueltas y empujé con todas mis fuerzas, enviando la puerta a chocar con el tabique.

Aquel golpe resonó como el estampido de un fusil, pero le respondió, de arriba abajo de mi casa, un tumulto formidable. Fue una cosa tan imprevista, tan terrible, tan ensordecedora, que retrocedí unos pasos y, aunque tan convencido como antes de su inutilidad, saqué el revólver de la funda.

Esperé todavía, aunque muy poco tiempo. Lo que ahora oía era un pataleo muy raro en los peldaños de la escalera, en el entarimado, en las alfombras, pero no era un pataleo de calzado, de zapatos de hombre, sino de patas de madera y de patas de hierro que vibraban como címbalos. Y, de pronto, veo en el umbral de la puerta un sillón, mi cómodo sillón de lectura, que se marchaba de casa, contoneándose. Y se fue por el jardín hacia adelante. Y detrás de él, otros, los sillones de mi salón, y a continuación los canapés indignos, arrastrándose como cocodrilos sobre sus patitas cortas, y en seguida todas las sillas, dando saltitos de cabra, y los pequeños taburetes que trotaban como conejos.

¡Era una cosa emocionante! Me escondí en el bosque, y allí permanecí agazapado, contemplando aquel desfile de mis muebles, porque se marchaban todos, uno detrás de otro, con paso vivo o pausado, de acuerdo con su altura o su peso. Mi piano, mi magnífico piano de cola cruzó al galope, como caballo desbocado, con un murmullo musical en sus ijares; los objetos menudos iban y venían por la arena como hormigas, los cepillos, la cristalería, las copas en las que la luna ponía fosforescencias de luciérnagas. Las telas reptaban o se alargaban a manera de tentáculos, como pulpos de mar. Vi que salía mi escritorio —mi querido escritorio— una hermosa reliquia del siglo pasado, en el que estaban todas las cartas que yo recibí, la historia toda de mi corazón, una historia antigua que me ha hecho sufrir mucho. Dentro de él había también fotografías.

De improviso se me pasó el miedo, me abalancé sobre el escritorio, lo agarré como se agarra a un ladrón, como se agarra a una mujer que escapa; pero él llevaba una marcha incontenible y, a pesar de mis esfuerzos, a pesar de mi cólera, no conseguí moderar su velocidad. Yo hacía esfuerzos desesperados para que no me arrastrase aquella fuerza espantosa y caí al suelo. Entonces me arrolló, me arrastró por la arena y los muebles que venían detrás empezaron a pisotearme, magullándome las piernas; lo solté por fin y entonces los demás pasaron por encima de mi cuerpo, lo mismo que pasa un cuerpo de caballería que carga por encima del soldado que ha sido derribado del caballo.

Loco de terror, conseguí al fin arrastrarme hasta fuera de la gran avenida y ocultarme de nuevo entre los árboles, a tiempo de ver cómo desaparecían los objetos más íntimos, los más pequeños, los más modestos, los que yo conocía menos entre todos los que habían sido de mi propiedad.

Así estaba, cuando oí a lo lejos, dentro de mi casa, que había adquirido sonoridad como todas las casas vacías, un ruido formidable de puertas que se volvían a cerrar. Empezaron los portazos en la parte más alta, y fueron bajando hasta que se cerró por último la puerta del vestíbulo que yo, insensato de mí, había abierto para facilitar aquella fuga.

También yo escapé, echando a correr hacia la ciudad, y no recobré mi serenidad hasta que me vi en sus calles y tropecé con algunas gentes trasnochadoras. Fui a llamar a la puerta de un hotel en el que era conocido. Me había sacudido las ropas con las manos para quitar el polvo; les expliqué que había perdido mi llavero, con la llave del pabellón aislado donde dormían mis criados, huerta rodeada de altas tapias que impedían a los merodeadores meter mano en las verduras y frutas.

Me tapé hasta los ojos en la cama que me dieron, pero no pude conciliar el sueño, y aguardé la llegada del día escuchando los golpes acelerados de mi corazón. Les había dicho que avisaran a mi servidumbre en cuanto amaneciese, y la sirvienta llamó a mi puerta a las siete de la mañana.

Parecía trastornada.

—Ha ocurrido esta noche una gran desgracia, señor, —me dijo.

—¿Qué sucedió?

—Han robado todo el mobiliario del señor; absolutamente todo, hasta los objetos más insignificantes.

Aquella noticia me alegró. ¿Por qué? ¡Vaya usted a saber! Yo me sentía muy dueño de mí, estaba seguro de poder disimular, de no decir a nadie una palabra de lo que había visto, de ocultar aquello, de enterrarlo en mi conciencia como un espantoso secreto. Le contesté:

—Entonces se trata de los mismos individuos que anoche me robaron a mí las llaves. Es preciso dar parte a la policía inmediatamente. Voy a levantarme y me reuniré enseguida con usted.

Cinco meses duró la investigación. No se llegó a descubrir el paradero de nada, no se encontró la más insignificante de mis cosas, ni se llegó a dar con el más ligero rastro de los ladrones. ¡Claro está que si yo hubiese dicho lo que sabía!... Si hubiese hablado..., me habrían encerrado a mí; no a los ladrones, sino al hombre que aseguraba haber visto semejante imagen.

Supe cerrar la boca. Pero no volví a amueblar mi casa. ¿Para qué? Se hubiera repetido siempre el mismo caso. No quería entrar de nuevo en ella. No entré. No volví a verla.

Regresé a París, me instalé en un hotel y consulté a los médicos acerca de mi estado nervioso, que me preocupaba mucho desde los acontecimientos de aquella noche lamentable.

Me animaron a que viajase. Seguí su consejo.

II

Empecé por hacer una excursión a Italia. El sol me sentó bien. Vagabundeé por espacio de seis meses de Génova a Venecia, de Venecia a Florencia, de Florencia a Roma, de Roma a Nápoles. Recorrí después toda Sicilia, país admirable por sus paisajes y sus monumentos, reliquias dejadas por los griegos y por los normandos. Me trasladé al África y crucé pacíficamente el gran desierto amarillo y tranquilo, en el que van de aquí para allá los camellos, las gacelas y los vagabundos árabes, cuya atmósfera ligera y transparente está libre de espectros, lo mismo de día que de noche.

Regresé a Francia por Marsella; a pesar de la alegría provenzal, sentí tristeza, porque el cielo tenía menos luz. Al poner otra vez el pie en el continente, experimenté esa especial sensación de un enfermo que se cree curado ya de su enfermedad, pero al que un dolor sordo le advierte que no está apagado aún el foco del mal.

Volví a París. Al mes, ya sentía aburrimiento. Era en otoño, y antes que se echase encima el invierno, quise hacer una excursión por Normandía, desconocida para mí.

Empecé por Ruán, como es natural, y vagabundeé durante ocho días, distraído, encantado, entusiasmado en aquella ciudad de la Edad Media, en aquel maravilloso museo de monumentos góticos extraordinarios.

Una tarde, a eso de las cuatro, al meterme por una calle inverosímil, por la que corre un río negro como esa tinta que llaman "agua de Robec", y mientras iba fijándome en el aspecto curioso y antiguo de las casas, mi atención se desvió de improviso hacia una serie de comercios de chamarileros, que se sucedían una puerta sí y otra también.

¡Bien habían sabido elegir el sitio para sus negocios aquellos sórdidos traficantes de cosas viejas, en una callejuela quimérica, encima de la siniestra corriente de agua, al abrigo de aquellos techos puntiagudos de tejas y pizarras en los que se oía rechinar aún las danzas del pasado!

Al fondo de aquellos lóbregos comercios se amontonaban las arcas talladas, las porcelanas de Ruán, de Nevers, de Moustiers, las estatuas pintadas, las de madera de roble, los cristos, las vírgenes, los santos, los ornamentos de iglesia, casullas, capas pluviales, hasta algunos vasos sagrados y un antiguo tabernáculo de madera dorada, del que Dios se había mudado. ¡Qué extrañas cavernas las que había en aquellas altas casas, en aquellos caserones, atiborrados desde las bodegas hasta los graneros de objetos de toda clase cuya existencia parecía acabada, que habían sobrevivido a sus poseedores naturales, a su siglo, a su tiempo, a sus modas, para ser comprados como curiosidades por las nuevas generaciones!

Mi ternura por las chucherías volvió a despertarse en aquella ciudad de anticuarios. Pasaba de un comercio a otro, atravesando en dos zancadas los puentes de cuatro tablas podridas tendidos sobre la nauseabunda corriente del "agua de Robec".

¡Misericordia! ¡Qué sacudida! En el extremo exterior de una bóveda atiborrada de objetos, que parecía la entrada a las catacumbas de un cementerio de muebles antiguos, vi de pronto uno de mis más hermosos armarios. Me acerqué todo tembloroso, tan tembloroso que no me atreví a tocarlo. Adelanté la mano, y me quedé vacilando. Sin embargo, era el mismo: un armario Luis XIII, único, que cualquiera que lo hubiese visto una vez lo identificaría. Dirigí de pronto los ojos más hacia el interior, hacia las más lóbregas profundidades de aquella galería, y distinguí tres de mis sillones tapizados, y más adentro aún, mis dos cuadros Enrique II, tan raros que hasta de París venían a verlos.

¡Figúrense! ¡Figúrense cuál sería el estado de mi alma!

Me adelanté, atónito, agonizante de emoción, pero me adelanté, porque soy valiente; me adelanté como pudiera penetrar un caballero de las épocas tenebrosas en una mansión de sortilegios. Paso a paso fui encontrando todo lo que me había pertenecido: mis candelabros, mis libros, mis cuadros, mis tapicerías, mis armas, todo, menos el escritorio que llevaba mis cartas, al que no vi por ninguna parte.

Anduve de un lado para otro, bajando a galerías oscuras para enseguida subir a los pisos superiores. Estaba solo. Llamaba, pero nadie contestó. Estaba solo; no había nadie en aquella casa inmensa y tortuosa como un laberinto.

Se echó encima la noche, y tuve que sentarme, en medio de aquellas tinieblas, en una de mis sillas, porque no quería marcharme de allí. Gritaba:

–¿Hay alguien en casa? ¿Hay alguien en casa? ¿No hay nadie?

Llevaría más de una hora cuando oí pasos, unos pasos callados, lentos, que no podía precisar en dónde sonaban. Estuve a punto de echar a correr, pero poniéndome rígido volví a llamar otra vez y distinguí una luz en la habitación de al lado.

–¿Quién anda ahí? –preguntó una voz.

Yo contesté:

–Un comprador.

Me respondieron.

–Es muy tarde para entrar de ese modo en un comercio.

Volví a decir:

–Estoy esperándolo desde hace más de una hora.

–Podía usted volver mañana.

–Mañana me habré marchado ya de Ruán.

Yo no me atrevía a avanzar y él no venía hacia mí. Seguía viendo el resplandor de su luz, que se proyectaba sobre un tapiz en el que dos ángeles volaban por encima de los cadáveres de un campo de batalla. También era de mi propiedad. Le dije:

—¿Viene usted o no?

Él me contestó:

—Lo estoy esperando.

Me levanté y fui hacia donde él estaba.

En el centro de una habitación muy espaciosa había un hombrecito muy pequeño y muy grueso, grueso como un fenómeno, como un repugnante fenómeno.

Tenía una barba extravagante, de pelos desiguales, ralos y amarillentos, pero no tenía ni un solo pelo en la cabeza. ¡Ni un solo pelo! Como sostenía la vela encendida a todo lo que daba su brazo para verme a mí, su cráneo me hizo el efecto de una luna pequeña en aquella inmensa habitación atiborrada de muebles viejos. Tenía la cara arrugada y como entumecida, y no se le distinguían los ojos. Regateé el precio de tres sillas, que eran de mi propiedad, y le pagué por ellas en el acto una fuerte cantidad, sin dar más que el número de mi habitación en el hotel. Deberían entregármelas al día siguiente antes de las nueve de la mañana.

Salí y él me acompañó a la calle con mucha cortesía. Luego, me dirigí a la Comisaría Central de Policía y relaté al comisario el robo de mis muebles y el descubrimiento que acababa de hacer.

En el acto solicitó informes por telégrafo al juzgado que había instruido las diligencias en aquel robo, rogándome que tuviese a bien esperar la contestación. Le llegó al cabo de una hora, y fue completamente satisfactoria para mí. Entonces me dijo:

—Voy a mandar a que detengan a ese hombre para proceder enseguida a interrogarlo, porque pudiera ser que hubiese concebido alguna sospecha, haciendo desaparecer lo que es propiedad de usted. Vaya a cenar y vuelva dentro de un par de horas; lo retendré aquí para someterlo a un nuevo interrogatorio en presencia de usted.

—Encantado, señor; se lo agradezco de todo corazón.

Cené en mi hotel, con mejor apetito del que me había imaginado. Estaba de bastante buen humor.

Al cabo de dos horas me presenté de nuevo ante el funcionario de policía, que me estaba esperando.

—Verá usted, caballero —me dijo en cuanto me vio- No hemos dado con nuestro hombre. Mis agentes no han podido encontrarlo.

—¿Cómo ha sido eso?

Me sentí desfallecer.

—¿Pero han encontrado la casa, verdad? —seguí preguntando.

—Desde luego. Será vigilada hasta que él regrese. Porque ha desaparecido.

—¿Que ha desaparecido?

—Desaparecido. Acostumbra pasar las noches en casa de una vecina, una especie de bruja, la viuda de Bidoin. Dice que no lo ha visto esta noche y que no puede dar dato alguno sobre su paradero. Habrá que esperar hasta mañana.

Me marché. ¡Qué siniestras, inquietantes y espectrales me parecieron las calles de Ruán!

Dormí muy mal, con un sueño interrumpido por pesadillas.

Al día siguiente, para que no me creyesen demasiado intranquilo ni precipitado, esperé hasta las diez antes de presentarme en la comisaría.

El chamarilero no había sido visto y su almacén seguía cerrado aún.

El comisario me dijo:

—He dado todos los pasos necesarios. El juzgado está al tanto del asunto; vamos a ir juntos a ese comercio, lo haré abrir y usted me indicará todo lo que es suyo.

Un cupé nos llevó hasta la casa. Delante del comercio había algunos guardias con un cerrajero. Se abrió la puerta.

Pero, una vez dentro, no vi ni mi armario ni mis sillones ni mis mesas ni nada, absolutamente nada del mobiliario de mi casa, siendo que la noche anterior no podía dar un paso sin tropezar con alguno de los objetos de mi pertenencia.

El comisario central, sorprendido, me miró al principio con desconfianza.

—Pues, señor —le dije—, la desaparición de estos muebles coincide de un modo extraño con la del comerciante.

Se sonrió:

—Es cierto. Hizo usted mal en comprar y pagar ayer a la noche aquellas sillas, porque con eso le dio usted la alerta.

Yo agregué:

—Lo que me parece incomprensible es que todos los espacios que anoche ocupaban mis muebles están ahora ocupados por otros.

—Eso no es extraño —contestó el comisario—, porque ha dispuesto de toda la noche y seguramente de cómplices. Esta casa debe tener comunicación con las de al lado. Descuide usted, señor; me voy a ocupar con gran interés de este asunto. No andará suelto mucho tiempo el ladrón, porque vigilamos su guarida.

¡Ah, mi corazón, mi pobre corazón, cómo palpitaba!

Permanecí quince días en Ruán, pero nuestro hombre no volvió. ¿Por qué? ¿Quién podía ponerle obstáculos o sorprenderlo?

El decimosexto día recibí de mi jardinero, que había quedado para cuidar la casa saqueada, esta carta tan extraña:

"Señor:

"Tengo el honor de informarle que ha ocurrido, durante la noche pasada, algo que no entiende nadie, y mucho menos la policía. Han vuelto todos los muebles, todos sin excepción; hasta los objetos más pequeños. La casa se encuentra hoy dispuesta exactamente como lo estaba la víspera del robo. Es para volverse loco. Esto ha ocurrido la noche del viernes al sábado. Igual que el día de su desaparición, los caminos están llenos de huellas, como si hubiesen arrastrado todas las cosas, desde la entrada del jardín hasta la puerta de la casa.

"Quedamos esperando al señor, de quien soy humilde servidor.

Felipe Raudin".

¿Volver yo? ¡Eso sí que no! ¡Eso sí que no! ¡Eso sí que no! Llevé la carta al comisario de Ruán, quien me dijo:

—Es una devolución muy hábil. Nos haremos el muerto y le pondremos la mano encima a nuestro hombre cualquier día de estos.

Pero no le encontraron. No, señor. No le encontraron, y le tengo miedo, igual que si fuese una fiera que han soltado para que me persiga.

Nadie lo encuentra, nadie puede encontrar a aquel monstruo con el cráneo de luna. Nadie le atrapará jamás. No volverá a su casa. ¡Bastante le importa a él su casa! Yo soy el único que podría dar con él, pero no quiero.

¡No quiero! ¡No quiero! ¡No quiero!

Y aun en el supuesto de que volviese y entrase en su comercio, ¿quién va a probarle que mis muebles estaban allí? No hay en contra suya más que mi testimonio, y me doy perfecta cuenta de que empieza a ser sospechoso.

¡Cómo iba yo a poder vivir así! Tampoco podía guardar el secreto de lo que han visto mis ojos. No me era posible seguir viviendo como una persona cualquiera, con el temor de que esos hechos se repitiesen cualquier día.

Vine a ver al médico que dirige esta casa de salud y se lo he referido todo.

Al cabo de un largo interrogatorio, me dijo:

—¿Tendría usted inconveniente, caballero, en permanecer aquí algún tiempo?

—Me quedaré gustosísimo.

—¿Quiere usted un pabellón independiente?

—Sí, señor.

—¿Desea recibir a algunos amigos?

—No, señor; a nadie. El hombre de Ruán podría tratar de llegar hasta aquí mismo con idea de vengarse...

Y desde hace tres meses vivo solo, solo, absolutamente solo. Estoy casi tranquilo. Un miedo tengo, sin embargo: que el anticuario se vuelva loco..., y que lo traigan a este pabellón... Ni las cárceles son seguras.

El Horla

8 de mayo

¡Qué hermoso día! He pasado la mañana tendido sobre la hierba, delante de mi casa, bajo el enorme plátano que la cubre, la resguarda y le da sombra. Adoro esta región, y me gusta vivir aquí porque tengo raíces aquí, esas raíces profundas y delicadas que unen al hombre con la tierra donde nacieron y murieron sus abuelos, esas raíces que lo unen a lo que se piensa y a lo que se come, a las costumbres como a los alimentos, a los modismos regionales, a la forma de hablar de sus habitantes, a los perfumes de la tierra, de las aldeas y del aire mismo.

Adoro la casa donde he crecido. Desde mis ventanas veo el Sena que corre detrás del camino, a lo largo de mi jardín, casi dentro de mi casa, el grande y ancho Sena, cubierto de barcos, en el tramo entre Ruán y El Havre.

A lo lejos y a la izquierda, está Ruán, la vasta ciudad de techos azules, con sus numerosas y agudas torres góticas, delicadas o macizas, dominadas por la flecha de hierro de su catedral, y pobladas de campanas que tañen en el aire azul de las mañanas hermosas enviándome su suave y lejano murmullo de hierro, su canto de bronce que me llega con mayor o menor intensidad según que la brisa aumente o disminuya.

¡Qué hermosa mañana!

A eso de las once pasó frente a mi ventana un largo convoy de navíos arrastrados por un remolcador grande como una mosca, que jadeaba de fatiga lanzando por su chimenea un humo espeso.

Después, pasaron dos goletas inglesas, cuyas rojas banderas flameaban sobre el fondo del cielo, y un soberbio bergantín brasileño, blanco y admirablemente limpio y reluciente. Saludé su paso sin saber por qué, pues sentí placer al contemplarlo.

11 de mayo

Tengo algo de fiebre desde hace algunos días. Me siento dolorido o más bien triste.

¿De dónde vienen esas misteriosas influencias que transforman nuestro bienestar en desaliento y nuestra confianza en angustia? Diríase que el aire, el aire invisible, está poblado de lo desconocido, de poderes cuya misteriosa proximidad experimentamos. ¿Por qué al despertarme siento una gran alegría y ganas de cantar, y luego, sorpresivamente, después de dar un corto paseo por la costa, regreso desolado como si me esperase una desgracia en mi casa? ¿Tal vez una ráfaga fría al rozarme la piel me ha alterado los nervios y ensombrecido el alma? ¿Acaso la forma de las nubes o el color tan variable del día o de las cosas me han perturbado el pensamiento al pasar por mis ojos? ¿Quién puede saberlo? Todo lo que nos rodea, lo que vemos sin mirar, lo que rozamos inconscientemente, lo que tocamos sin palpar y lo que encontramos sin reparar en ello, tiene efectos rápidos, sorprendentes e inexplicables sobre nosotros, sobre nuestros órganos y, por consiguiente, sobre nuestros pensamientos y nuestro corazón.

¡Cuán profundo es el misterio de lo Invisible! No podemos explorarlo con nuestros mediocres sentidos, con nuestros ojos que no pueden percibir lo muy grande ni lo muy pequeño, lo muy próximo ni lo muy lejano, los habitantes de una estrella ni los de una gota de agua... con nuestros oídos que nos engañan, trasformando las vibraciones del aire en ondas sonoras, como si fueran hadas que convierten milagrosamente en sonido ese movimiento, y que mediante esa metamorfosis hacen surgir la música que trasforma en canto la muda agitación de la naturaleza... con nuestro olfato, más débil que el del perro... con nuestro sentido del gusto, que apenas puede distinguir la edad de un vino.

¡Cuántas cosas descubriríamos a nuestro alrededor si tuviéramos otros órganos que realizaran para nosotros otros milagros!

16 de mayo

Decididamente, estoy enfermo. ¡Y pensar que estaba tan bien el mes pasado! Tengo fiebre, una fiebre atroz, o, mejor dicho, una nerviosidad febril que afecta por igual el alma y el cuerpo. Tengo continuamente la angustiosa sensación de un peligro que me amenaza, la aprensión de una desgracia inminente o de la muerte que se aproxima, el presentimiento suscitado por el comienzo de un mal aún desconocido que germina en la carne y en la sangre.

18 de mayo

Acabo de consultar al médico pues ya no podía dormir. Me ha encontrado el pulso acelerado, los ojos inflamados y los nervios alterados, pero ningún síntoma alarmante. Debo darme duchas y tomar bromuro de potasio.

25 de mayo

¡No siento ninguna mejoría! Mi estado es realmente extraño. Cuando se aproxima la noche, me invade una inexplicable inquietud, como si la noche ocultase una terrible amenaza para mí. Ceno rápidamente y luego trato de leer, pero no comprendo las palabras y apenas distingo las letras. Camino entonces de un extremo a otro de la sala sintiendo la opresión de un temor confuso e irresistible, el temor de dormir y el temor de la cama. A las diez subo a la habitación. En cuanto entro, doy dos vueltas a la llave y corro los cerrojos; tengo miedo... ¿de qué?... Hasta ahora nunca sentía temor por nada... abro mis armarios, miro debajo de la cama; escucho... escucho... ¿qué?... ¿Acaso puede sorprender que un malestar, un trastorno de la circulación, y tal vez una ligera congestión, una pequeña perturbación del funcionamiento tan imperfecto y delicado de nuestra máquina viviente, convierta en un melancólico al más alegre de los hombres y en un cobarde al más valiente? Luego me acuesto y espero el sueño como si esperase al verdugo. Espero su llegada con espanto; mi corazón late intensamente y mis piernas se estremecen; todo mi cuerpo tiembla en medio del calor de la cama hasta el momento en que caigo bruscamente en el sueño, como si me ahogara en un abismo de agua estancada.

Ya no siento llegar como antes a ese sueño pérfido, oculto cerca de mí, que me acecha, se apodera de mi cabeza, me cierra los ojos y me aniquila.

Duermo durante dos o tres horas, y luego no es un sueño sino una pesadilla lo que se apodera de mí. Sé perfectamente que estoy acostado y que duermo... lo comprendo y lo sé... y siento también que alguien se aproxima, me mira, me toca, sube sobre la cama, se arrodilla sobre mi pecho y, tomando mi cuello entre sus manos, aprieta y aprieta... con todas sus fuerzas para estrangularme.

Trato de defenderme, impedido por esa impotencia atroz que nos paraliza en los sueños: quiero gritar y no puedo; trato de moverme y no puedo; con angustiosos esfuerzos y jadeante, trato de liberarme, de rechazar ese ser que me aplasta y me asfixia, ¡pero no puedo!

Y de pronto, me despierto enloquecido y cubierto de sudor. Enciendo una vela. Estoy solo.

Después de esa crisis, que se repite todas las noches, duermo por fin tranquilamente hasta el amanecer.

2 de junio

Mi estado se ha agravado. ¿Qué es lo que tengo? El bromuro y las duchas no me producen ningún efecto. Para fatigarme más, a pesar de que ya me sentía cansado, fui a dar un paseo por el bosque de Roumare. En un principio me pareció que el aire suave, ligero y fresco, lleno de aromas de hierbas y hojas, vertía una sangre nueva en mis venas y nuevas energías en mi corazón. Caminé por una gran avenida de caza y después por una estrecha alameda, entre dos filas de árboles desmesuradamente altos que formaban un techo verde y espeso, casi negro, entre el cielo y yo.

De pronto sentí un estremecimiento, no de frío sino un extraño temblor angustioso. Apresuré el paso, inquieto por hallarme solo en ese bosque, atemorizado sin razón por el profundo silencio. De improviso, me pareció que me seguían, que alguien marchaba detrás de mí, muy cerca, muy cerca, casi pisándome los talones.

Me volví hacia atrás con brusquedad. Estaba solo. Únicamente vi detrás de mí el recto y amplio sendero, vacío, alto, pavorosamente vacío; y del otro lado se extendía también hasta perderse de vista de modo igualmente solitario y atemorizante.

Cerré los ojos, ¿por qué? Y me puse a girar sobre un pie como un trompo. Estuve a punto de caer; abrí los ojos: los árboles bailaban, la tierra flotaba, tuve que sentarme. Después ya no supe por dónde había llegado hasta allí. ¡Qué extraño! Ya no recordaba nada. Tomé hacia la derecha, y llegué a la avenida que me había llevado al centro del bosque.

3 de junio

He pasado una noche horrible. Voy a irme de aquí por algunas semanas. Un viaje breve sin duda me tranquilizará.

2 de julio

Regreso restablecido. El viaje ha sido delicioso. Visité el monte Saint-Michel, que no conocía.

¡Qué hermosa visión se tiene al llegar a Avranches, como llegué yo al caer la tarde! La ciudad se halla sobre una colina. Cuando me llevaron al jardín botánico, situado en un extremo de la población, no pude evitar un grito de admiración. Una extensa bahía se extendía ante mis ojos hasta el horizonte, entre dos costas lejanas que se esfumaban en medio de la bruma, y en el centro de esa inmensa bahía, bajo un dorado cielo despejado, se elevaba un monte extraño, sombrío y puntiagudo en las arenas de la playa. El sol acababa de ocultarse, y en el horizonte aún rojizo se recortaba el perfil de ese fantástico acantilado que lleva en su cima un fantástico monumento.

Al amanecer me dirigí hacia allí. El mar estaba bajo como la tarde anterior y a medida que me acercaba veía elevarse gradualmente a la sorprendente abadía. Luego de varias horas, llegué al enorme bloque de piedra en cuya cima se halla la pequeña población dominada por la gran iglesia. Después de subir por la calle estrecha y empinada, penetré en la más admirable morada gótica construida por Dios en la tierra, vasta como una ciudad, con numerosos recintos de techo bajo, como aplastados por bóvedas y galerías superiores sostenidas por frágiles columnas. Entré en esa gigantesca joya de granito, ligera como un encaje, cubierta de torres, de esbeltos torreones, a los cuales se sube por intrincadas escaleras, que destacan en el cielo azul del día y negro de la noche sus extrañas cúpulas erizadas de quimeras, diablos, animales fantásticos y flores monstruosas, unidas entre sí por finos arcos labrados.

Cuando llegué a la cumbre, dije al monje que me acompañaba:

—¡Qué bien se debe estar aquí, padre!

—Es un lugar muy ventoso, señor —me respondió. Y nos pusimos a conversar mientras mirábamos subir el mar, que avanzaba sobre la playa y parecía cubrirla con una coraza de acero.

El monje me refirió historias, todas las viejas historias del lugar, leyendas, muchas leyendas.

Una de ellas me impresionó mucho. Los nacidos en el monte aseguran que de noche se oyen voces en la playa y después se perciben los balidos de dos cabras, una de voz fuerte y la otra de voz débil. Los incrédulos afirman que son los graznidos de las aves marinas que se asemejan a balidos o a quejas humanas, pero los pescadores rezagados juran haber encontrado merodeando por las dunas, entre dos mareas y alrededor de la pequeña población tan alejada del mundo, a un viejo pastor cuya cabeza nunca pudieron ver por llevarla cubierta con su capa, y delante de él marchan un macho cabrío con rostro de hombre y una cabra con rostro de mujer; ambos tienen largos cabellos blancos y hablan sin cesar: discuten en una lengua desconocida, interrumpiéndose de pronto para balar con todas sus fuerzas.

—¿Cree usted en eso?, pregunté al monje.

—No sé, me contestó.

Yo proseguí:

Si existieran en la tierra otros seres diferentes de nosotros, los conoceríamos desde hace mucho tiempo; ¿cómo es posible que no los hayamos visto usted ni yo?

—¿Acaso vemos —me respondió— la cienmilésima parte de lo que existe? Observe por ejemplo el viento, que es la fuerza más poderosa de la naturaleza; el viento, que derriba hombres y edificios, que arranca de cuajo los árboles y levanta montañas de agua en el mar, que destruye los acantilados y que arroja contra ellos a las grandes naves, el viento que mata, silba, gime y ruge, ¿acaso lo ha visto alguna vez? ¿Acaso lo puede ver? Y sin embargo existe.

Ante este sencillo razonamiento opté por callarme. Este hombre podía ser un sabio o tal vez un tonto. No podía afirmarlo con certeza, pero me llamé a silencio. Con mucha frecuencia había pensado en lo que me dijo.

3 de julio

Dormí mal; evidentemente, hay una influencia febril, pues mi cochero sufre del mismo mal que yo. Ayer, al regresar, observé su extraña palidez. Le pregunté:

—¿Qué tiene, Jean?

—Ya no puedo descansar; mis noches desgastan mis días. Desde la partida del señor parece que padezco una especie de hechizo.

Los demás criados están bien, pero temo que me vuelvan las crisis.

4 de julio

Decididamente, las crisis vuelven a empezar. Vuelvo a tener las mismas pesadillas. Anoche sentí que alguien se inclinaba sobre mí y con su boca sobre la mía, bebía mi vida. Sí, la bebía con la misma avidez que una sanguijuela. Luego se incorporó saciado, y yo me desperté tan extenuado y aniquilado, que apenas podía moverme. Si eso se prolonga durante algunos días, volveré a ausentarme.

5 de julio

¿He perdido la razón? Lo que pasó, lo que vi anoche, ¡es tan extraño que cuando pienso en ello pierdo la cabeza!

Había cerrado la puerta con llave, como todas las noches, y luego sentí sed; bebí medio vaso de agua y observé distraídamente que la botella estaba llena.

Me acosté enseguida y caí en uno de mis espantosos sueños, del cual pude salir cerca de dos horas después con una sacudida más horrible aún. Imagínense ustedes un hombre que es asesinado mientras duerme, que despierta con un cuchillo clavado en el pecho, jadeante y cubierto de sangre, que no puede respirar y que muere sin comprender lo que ha sucedido.

Después de recobrar la razón, sentí nuevamente sed; encendí una vela y me dirigí hacia la mesa donde había dejado la botella. La levanté inclinándola sobre el vaso, pero no había una gota de agua. Estaba vacía, ¡completamente vacía! Al principio no comprendí nada, pero de pronto sentí una emoción tan atroz que tuve que sentarme o, mejor dicho, me desplomé sobre una silla. Luego me incorporé de un salto para mirar a mi alrededor. Después volví a sentarme delante del cristal transparente, lleno de asombro y terror. Lo observaba con la mirada fija, tratando de imaginarme lo que había pasado. Mis manos temblaban. ¿Quién se había bebido el agua? Yo, yo sin duda. ¿Quién podía haber sido sino yo? Entonces... yo era sonámbulo, y vivía sin saberlo esa doble vida misteriosa que nos hace pensar que hay en nosotros dos seres, o que a veces un ser extraño, desconocido e invisible anima, mientras dormimos, nuestro cuerpo cautivo que le obedece como a nosotros y más que a nosotros.

¡Ah! ¿Quién podrá comprender mi abominable angustia? ¿Quién podrá comprender la emoción de un hombre mentalmente sano, perfectamente despierto y en uso de razón al contemplar espantado una botella que se ha vaciado mientras dormía? Y así permanecí hasta el amanecer, sin atreverme a volver a la cama.

6 de julio

Pierdo la razón. ¡Anoche también bebieron el agua de la botella, o tal vez la bebí yo!

10 de julio

Acabo de hacer sorprendentes comprobaciones. ¡Decididamente estoy loco! Y sin embargo...

El 6 de julio, antes de acostarme puse sobre la mesa vino, leche, agua, pan y fresas. Han bebido –o he bebido– toda el agua y un poco de leche. No han tocado el vino, ni el pan ni las fresas.

El 7 de julio he repetido la prueba con idénticos resultados.

El 8 de julio suprimí el agua y la leche, y no han tocado nada.

Por último, el 9 de julio puse sobre la mesa solamente el agua y la leche, teniendo especial cuidado de envolver las botellas con lienzos de muselina blanca y de atar los tapones. Luego me froté con grafito los labios, la barba y las manos y me acosté.

Un sueño irresistible se apoderó de mí, seguido poco después por el atroz despertar. No me había movido; ni siquiera mis sábanas estaban manchadas. Corrí hacia la mesa. Los lienzos que envolvían las botellas seguían limpios e inmaculados. Desaté los tapones, palpitante de emoción. ¡Se habían bebido toda el agua y toda la leche! ¡Ah! ¡Dios mío!...

Partiré inmediatamente hacia París.

12 de julio

París. En estos últimos días había perdido la cabeza. Tal vez he sido juguete de mi enervada imaginación, salvo que yo sea realmente sonámbulo o que haya sufrido una de esas influencias comprobadas, pero hasta ahora inexplicables, que se llaman sugestiones. De todos modos, mi extravío rayaba en la demencia, y han bastado veinticuatro horas en París para recobrar la cordura. Ayer, después de paseos y visitas, que me han renovado y vivificado el alma, terminé el día en el Théâtre-Française. Se representaba una pieza de Alejandro Dumas hijo. Este autor vivaz y pujante ha terminado de curarme. Es evidente que la soledad resulta peligrosa para las mentes que piensan demasiado. Necesitamos ver a nuestro alrededor a hombres que piensen y hablen. Cuando permanecemos solos durante mucho tiempo, poblamos de fantasmas el vacío.

Regresé muy contento al hotel, caminando por el centro. Al codearme con la multitud, pensé, no sin ironía, en mis terrores y suposiciones de la semana pasada, pues creí, sí, creí que un ser invisible vivía bajo mi techo. Cuán débil es nuestra razón y cuán rápidamente se extravía cuando nos estremece un hecho incomprensible.

En lugar de concluir con estas simples palabras: "Yo no comprendo porque no puedo explicarme las causas", nos imaginamos enseguida impresionantes misterios y poderes sobrenaturales.

14 de julio

Fiesta de la República. He paseado por las calles. Los cohetes y banderas me divirtieron como a un niño. Sin embargo, me parece una tontería ponerse contento un día determinado por decreto del gobierno. El pueblo es un rebaño de imbéciles, a veces tonto y paciente, y otras, feroz y rebelde. Se le dice: "Diviértete". Y se divierte. Se le dice: "Ve a combatir con tu vecino". Y va a combatir. Se le dice: "Vota por el emperador". Y vota por el emperador. Después: "Vota por la República". Y vota por la República.

Los que lo dirigen son igualmente tontos, pero en lugar de obedecer a hombres se atienen a principios, que, por lo mismo que son principios, sólo pueden ser necios, estériles y falsos, es decir, ideas consideradas ciertas e inmutables, tan luego en este mundo donde nada es seguro y donde la luz y el sonido son ilusorios.

16 de julio

Ayer he visto cosas que me preocuparon mucho. Cené en casa de mi prima, la señora Sablé, casada con el jefe del regimiento 76 de cazadores de Limoges. Conocí allí a dos señoras jóvenes, casada una de ellas con el doctor Parent que se dedica intensamente al estudio de las enfermedades nerviosas y de los fenómenos extraordinarios que hoy dan origen a las experiencias sobre hipnotismo y sugestión.

Nos refirió detalladamente los prodigiosos resultados obtenidos por los sabios ingleses y por los médicos de la escuela de Nancy. Los hechos que expuso me parecieron tan extraños que manifesté mi incredulidad.

"Estamos a punto de descubrir uno de los más importantes secretos de la naturaleza", decía el doctor Parent, es decir, uno de sus más importantes secretos aquí en la tierra, puesto que hay evidentemente otros secretos importantes en las estrellas. Desde que el hombre piensa, desde que aprendió a expresar y a escribir su pensamiento, se siente tocado por un misterio impenetrable para sus sentidos groseros e imperfectos, y trata de suplir la impotencia de dichos sentidos mediante el esfuerzo de su inteligencia. Cuando la inteligencia permanecía aún en un estado rudimentario, la obsesión de los fenómenos invisibles adquiría formas comúnmente terroríficas. De ahí las creencias populares en lo sobrenatural. Las leyendas de las almas en pena, las hadas, los gnomos y los aparecidos; me atrevería a mencionar incluso la leyenda de Dios, pues nuestras concepciones del artífice creador de cualquier religión son las invenciones más mediocres, estúpidas e inaceptables que pueden salir de la mente atemorizada de los hombres. Nada es más cierto que este pensamiento de Voltaire: "Dios ha hecho al hombre a su imagen y semejanza pero el hombre también ha procedido así con él".

"Pero desde hace algo más de un siglo, parece percibirse algo nuevo. Mesmer y algunos otros nos señalan un nuevo camino y, efectivamente, sobre todo desde hace cuatro o cinco años, se han obtenido sorprendentes resultados."

Mi prima, también muy incrédula, sonreía. El doctor Parent le dijo:

—¿Quiere que la hipnotice, señora?

—Sí; me parece bien.

Ella se sentó en un sillón y él comenzó a mirarla fijamente. De improviso, me dominó la turbación, mi corazón latía con fuerza y sentía una opresión en la garganta. Veía cerrarse pesadamente los ojos de la señora Sablé, y su boca se crispaba y parecía jadear.

Al cabo de diez minutos dormía.

—Póngase detrás de ella— me dijo el médico.

Obedecí su indicación, y él colocó en las manos de mi prima una tarjeta de visita al tiempo que le decía: "Esto es un espejo; ¿qué ve en él?".

—Veo a mi primo —respondió.

—¿Qué hace?

—Se alisa el bigote.

—¿Y ahora ?

—Saca una fotografía del bolsillo.

—¿Quién aparece en la fotografía?

—Él, mi primo.

¡Era cierto! Esa misma tarde me habían entregado esa fotografía en el hotel.

–¿Cómo aparece en ese retrato?

–Se halla de pie, con el sombrero en la mano. Evidentemente, veía en esa tarjeta de cartulina lo que hubiera visto en un espejo.

Las damas decían espantadas: "¡Basta! ¡Basta, por favor!".

Pero el médico ordenó: "Usted se levantará mañana a las ocho; luego irá a ver a su primo al hotel donde se aloja, y le pedirá que le preste los cinco mil francos que le pide su esposo y que le reclamará cuando regrese de su próximo viaje". Luego la despertó.

Mientras regresaba al hotel, pensé en esa curiosa sesión y me asaltaron dudas, no sobre la insospechable, la total buena fe de mi prima a quien conocía desde la infancia como a una hermana, sino sobre la seriedad del médico. ¿No escondería en su mano un espejo que mostraba a la joven dormida, al mismo tiempo que la tarjeta?

Los prestidigitadores profesionales hacen cosas semejantes.

No bien regresé, me acosté.

Pero a las ocho y media de la mañana me despertó mi sirviente y me dijo:

–La señora Sablé quiere hablar inmediatamente con el señor.

Me vestí de prisa y la hice pasar.

Se sentó muy turbada y me dijo sin levantar la mirada ni quitarse el velo:

–Querido primo, tengo que pedirle un gran favor.

–¿De qué se trata, prima?

–Me cuesta mucho decirlo, pero no tengo más remedio. Necesito urgentemente cinco mil francos.

–Pero cómo, ¿usted?

–Sí, yo, o mejor dicho mi esposo, que me ha encargado conseguirlos.

Me quedé tan asombrado que apenas podía balbucear mis respuestas. Pensaba que ella y el doctor Parent se estaban burlando de mí, y que eso podía ser una mera farsa preparada de antemano y representada a la perfección.

Pero todas mis dudas se disiparon cuando la observé con atención. Temblaba de angustia. Evidentemente esta gestión le resultaba muy penosa y advertí que apenas podía reprimir el llanto.

Sabía que era muy rica y le dije:

—¿Cómo es posible que su esposo no disponga de cinco mil francos? Reflexione. ¿Está segura de que le ha encargado pedírmelos a mí?

Vaciló durante algunos segundos, como si le costara mucho recordar, y luego respondió:

—Sí... sí... estoy segura.

—¿Le ha escrito?

Vaciló otra vez y volvió a pensar. Advertí el penoso esfuerzo de su mente. No sabía. Sólo recordaba que debía pedirme ese préstamo para su esposo. Por consiguiente, se decidió a mentir.

—Sí, me escribió.

—¿Cuándo? Ayer no me dijo nada.

—Recibí su carta esta mañana.

—¿Puede enseñármela?

—No, no... contenía cosas íntimas... demasiado personales... y la he... la he quemado.

—Así que su marido tiene deudas.

Vaciló una vez más y luego murmuró:

—No lo sé.

Bruscamente le dije:

—Pero en este momento, querida prima, no dispongo de cinco mil francos.

Dio una especie de grito de desesperación:

—¡Ay! ¡Por favor! Se lo ruego! Trate de conseguirlos...

Exaltada, unía sus manos como si se tratara de un ruego. Su voz cambió de tono; lloraba murmurando cosas ininteligibles, molesta y dominada por la orden irresistible que había recibido.

—¡Ay! Le suplico... si supiera cómo sufro... los necesito para hoy.

Sentí piedad por ella.

—Los tendrá de cualquier manera. Se lo prometo.

—¡Oh! ¡Gracias, gracias! ¡Qué bondadoso es usted!

—¿Recuerda lo que pasó anoche en su casa? le pregunté entonces.

—Sí.

—¿Recuerda que el doctor Parent la hipnotizó?

— Sí.

—Pues bien, fue él quien le ordenó venir esta mañana a pedirme cinco mil francos, y en este momento usted obedece a su sugestión.

Reflexionó durante algunos instantes y luego respondió:

—Pero es mi esposo quien me los pide.

Durante una hora traté infructuosamente de convencerla. Cuando se fue, corrí a casa del doctor Parent. Me dijo:

—¿Se ha convencido ahora?

—Sí, no hay más remedio que creer.

—Vamos a ver a su prima.

Cuando llegamos dormitaba en un sofá, rendida por el cansancio. El médico le tomó el pulso, la miró durante algún tiempo con una mano extendida hacia sus ojos que la joven cerró debido al influjo irresistible del poder magnético.

Cuando se durmió, el doctor Parent le dijo:

—¡Su esposo no necesita los cinco mil francos! Por lo tanto, usted debe olvidar que ha rogado a su primo para que se los preste, y si le habla de eso, usted no comprenderá.

Luego le despertó. Entonces saqué mi billetera.

—Aquí tiene, querida prima. Lo que me pidió esta mañana.

Se mostró tan sorprendida que no me atreví a insistir. Traté, sin embargo, de refrescar su memoria, pero negó todo enfáticamente, creyendo que me burlaba, y poco faltó para que se enojase.

Acabo de regresar. La experiencia me ha impresionado tanto que no he podido almorzar.

19 de julio

Muchas personas a quienes he referido esta aventura se han reído de mí. Ya no sé qué pensar. El sabio dijo: "Quizá".

21 de julio

Cené en Bougival y después estuve en el baile de los remeros. Decididamente, todo depende del lugar y del medio. Creer en lo sobrenatural en la isla de la Grenouillère sería el colmo del desatino... pero ¿no es así en la cima del monte Saint-Michel, y en la India? Sufrimos la influencia de lo que nos rodea. Regresaré a casa la semana próxima.

30 de julio

Ayer he regresado a casa. Todo está bien.

2 de agosto

No hay novedades. Hace un tiempo espléndido. Paso los días mirando correr el Sena.

4 de agosto

Hay problemas entre mis criados. Aseguran que alguien rompe los vasos en los armarios por la noche. El sirviente acusa a la cocinera y ésta a la lavandera, quien a su vez acusa a los dos primeros. ¿Quién es el culpable? El tiempo lo dirá.

6 de agosto

Esta vez no estoy loco. Lo he visto... ¡lo he visto! Ya no tengo la menor duda... ¡lo he visto! Aún siento frío hasta en las uñas... el miedo me penetra hasta la médula... ¡Lo he visto!...

A las dos de la tarde me paseaba a pleno sol por mi rosedal; caminaba por el sendero de rosales de otoño que comienzan a florecer.

Me detuve a observar un hermoso ejemplar de Géant Des Batailles, que tenía tres flores magníficas, y vi entonces con toda claridad cerca de mí que el tallo de una de las rosas se doblaba como movido por una mano invisible: ¡luego, vi que se quebraba como si la misma mano lo cortase! Luego la flor se elevó, siguiendo la curva que habría descrito un brazo al llevarla hacia una boca, y permaneció suspendida en el aire transparente, muy sola e inmóvil, como una pavorosa mancha a tres pasos de mí.

Azorado, me arrojé sobre ella para tomarla. Pero no pude hacerlo: había desaparecido. Sentí entonces rabia contra mí mismo, pues no es posible que una persona razonable tenga semejantes alucinaciones.

Pero, ¿se trataba realmente de una alucinación? Volví hacia el rosal para buscar el tallo cortado e inmediatamente lo encontré, recién cortado, entre las dos rosas que permanecían en la rama. Regresé entonces a casa con la mente alterada; en efecto, ahora estoy convencido, seguro como de la alternancia de los días y las noches, de que existe cerca de mí un ser invisible, que se alimenta de leche y agua, que puede tocar las cosas, tomarlas y cambiarlas de lugar; dotado, por consiguiente, de un cuerpo material aunque imperceptible para nuestros sentidos, y que habita en mi casa como yo...

7 de agosto

Dormí tranquilamente. Se ha bebido el agua de la botella pero no perturbó mi sueño.

Me pregunto si estoy loco. Cuando a veces me paseo a pleno sol, a lo largo de la costa, he dudado de mi razón; no son ya dudas inciertas como las que he tenido hasta ahora, sino dudas precisas, absolutas. He visto locos. He conocido algunos que seguían siendo inteligentes, lúcidos y sagaces en todas las cosas de la vida menos en un punto. Hablaban de todo con claridad, facilidad y profundidad, pero de pronto su pensamiento chocaba contra el escollo de la locura y se hacía pedazos, volaba en fragmentos y se hundía en ese océano siniestro y furioso, lleno de olas fragorosas, brumosas y borrascosas que se llama "demencia".

Ciertamente, estaría convencido de mi locura, si no tuviera perfecta conciencia de mi estado, al examinarlo con toda lucidez. En suma, yo sólo sería un alucinado que razona. Se habría producido en mi mente uno de esos trastornos que hoy tratan de estudiar y precisar los fisiólogos modernos, y dicho trastorno habría provocado en mí una profunda ruptura en lo referente al orden y a la lógica de las ideas. Fenómenos semejantes se producen en el sueño, que nos muestra las fantasmagorías más inverosímiles sin que ello nos sorprenda, porque mientras duerme el aparato verificador, el sentido del control, la facultad imaginativa vigila y trabaja. ¿Acaso ha dejado de funcionar en mí una de las imperceptibles teclas del teclado cerebral? Hay hombres que a raíz de accidentes pierden la memoria de los nombres propios, de las cifras o solamente de las fechas. Hoy se ha comprobado la localización de todas las partes del pensamiento. No puede sorprender entonces que en este momento se haya disminuido mi facultad de controlar la irrealidad de ciertas alucinaciones.

Pensaba en todo ello mientras caminaba por la orilla del río. El sol iluminaba el agua, sus rayos embellecían la tierra y llenaban mis ojos de amor por la vida, por las golondrinas cuya agilidad constituye para mí un motivo de alegría, por las hierbas de la orilla cuyo estremecimiento es un placer para mis oídos.

Sin embargo, paulatinamente me invadía un malestar inexplicable. Me parecía que una fuerza desconocida me detenía, me paralizaba, impidiéndome avanzar, y que trataba de hacerme volver atrás. Sentí ese doloroso deseo de volver que nos oprime cuando hemos dejado en nuestra casa a un enfermo querido y presentimos una agravación del mal.

Regresé entonces, a pesar mío, convencido de que encontraría en casa una mala noticia, una carta o un telegrama. Nada de eso había, y me quedé más sorprendido e inquieto aún que si hubiese tenido una nueva visión fantástica.

8 de agosto

Pasé una noche horrible. Él no ha aparecido más, pero lo siento cerca de mí. Me espía, me mira, se introduce en mí y me domina. Así me resulta más temible, pues al ocultarse de este modo parece manifestar su presencia invisible y constante mediante fenómenos sobrenaturales.

Sin embargo, he podido dormir.

9 de agosto

Nada ha sucedido. Pero tengo miedo.

10 de agosto

Nada: ¿qué sucederá mañana?

11 de agosto

Nada, siempre nada; no puedo quedarme aquí con este miedo y estos pensamientos que dominan mi mente; me voy.

12 de agosto, 10 de la noche

Durante todo el día he tratado de partir, pero no he podido. He intentado realizar ese acto tan fácil y sencillo salir, subir en mi coche para dirigirme a Ruán y no he podido. ¿Por qué?

13 de agosto

Cuando nos atacan ciertas enfermedades, nuestros mecanismos físicos parecen fallar. Sentimos que nos faltan las energías y que todos nuestros músculos se relajan; los huesos parecen tan blandos como la carne y la carne tan líquida como el agua. Todo eso repercute en mi espíritu de manera extraña y desoladora. Carezco de fuerzas y de valor; no puedo dominarme y ni siquiera puedo hacer intervenir mi voluntad. Ya no tengo iniciativa; pero alguien lo hace por mí, y yo obedezco.

14 de agosto

¡Estoy perdido! ¡Alguien domina mi alma y la dirige! Alguien ordena todos mis actos, mis movimientos y mis pensamientos. Ya no soy nada en mí; no soy más que un espectador prisionero y aterrorizado por todas las cosas que realizo. Quiero salir y no puedo. Él no quiere y tengo que quedarme, azorado y tembloroso, en el sillón donde me obliga a sentarme. Sólo deseo levantarme, incorporarme para sentirme todavía dueño de mí. ¡Pero no puedo! Estoy clavado en mi asiento, y mi sillón se adhiere al suelo de tal modo que no habría fuerza capaz de movernos.

De pronto, siento la irresistible necesidad de ir al huerto a cortar fresas y comerlas. Y voy. Corto fresas y las como. ¡Oh, Dios mío! ¡Dios mío! ¿Será acaso un Dios? Si lo es, ¡salvadme! ¡Libradme! ¡Socorredme! ¡Perdón! ¡Piedad! ¡Misericordia! ¡Salvadme! ¡Oh, qué sufrimiento! ¡Qué suplicio! ¡Qué horror!

15 de agosto

Evidentemente, así estaba poseída y dominada mi prima cuando fue a pedirme cinco mil francos. Obedecía a un poder extraño que había penetrado en ella como otra alma, como un alma parásita y dominadora. ¿Es acaso el fin del mundo? Pero, ¿quién es el ser invisible que me domina? ¿Quién es ese desconocido, ese merodeador de una raza sobrenatural?

Por consiguiente, ¡los invisibles existen! ¿Pero cómo es posible que aún no se hayan manifestado desde el origen del mundo en una forma tan evidente como se manifiestan en mí? Nunca leí nada que se asemejara a lo que ha sucedido en mi casa. Si pudiera abandonarla, irme, huir y no regresar más, me salvaría, pero no puedo.

16 de agosto

Hoy pude escaparme durante dos horas, como un preso que encuentra casualmente abierta la puerta de su calabozo. De pronto, sentí que yo estaba libre y que él se hallaba lejos. Ordené uncir los caballos rápidamente y me dirigí a Ruán. Qué alegría poder decirle a un hombre que obedece: "¡Vamos a Ruán!".

Hice detener la marcha frente a la biblioteca donde solicité en préstamo el gran tratado del doctor Hermann Herestauss sobre los habitantes desconocidos del mundo antiguo y moderno.

Después, cuando me disponía a subir a mi coche, quise decir: "¡A la estación!" y grité, no dije, grité con una voz tan fuerte que llamó la atención de los transeúntes: "A casa", y caí pesadamente, loco de angustia, en el asiento. Él me había encontrado y volvía a posesionarse de mí.

17 de agosto

¡Ah! ¡Qué noche! ¡Qué noche! Y sin embargo me parece que debería alegrarme. Leí hasta la una de la madrugada. Hermann Herestauss, doctor en filosofía y en teogonía, ha escrito la historia y las manifestaciones de todos los seres invisibles que merodean alrededor del hombre o han sido soñados por él. Describe sus orígenes, sus dominios y sus poderes. Pero ninguno de ellos se parece al que me domina. Se diría que el hombre, desde que pudo pensar, presintió y temió la presencia de un ser nuevo más fuerte que él, su sucesor en el mundo, y que como no pudo prever la naturaleza de este amo, creó, en medio de su terror, todo ese mundo fantástico de seres ocultos y de fantasmas misteriosos surgidos del miedo. Después de leer hasta la una de la madrugada, me senté junto a mi ventana abierta para refrescarme la cabeza y el pensamiento con la apacible brisa de la noche.

Era una noche hermosa y tibia, que en otra ocasión me hubiera gustado mucho. No había luna. Las estrellas brillaban en las profundidades del cielo con estremecedores destellos.

¿Quién vive en aquellos mundos? ¿Qué formas, qué seres vivientes, animales o plantas, existirán allí? Los seres pensantes de esos universos, ¿serán más sabios y más poderosos que nosotros? ¿Conocerán lo que nosotros ignoramos? Tal vez cualquiera de estos días uno de ellos atravesará el espacio y llegará a la tierra para conquistarla, así como antiguamente los normandos sometían a los pueblos más débiles.

Somos tan indefensos, inermes, ignorantes y pequeños, sobre este trozo de lodo que gira disuelto en una gota de agua.

Pensando en eso, me adormecí en medio del fresco viento de la noche.

Pero después de dormir unos cuarenta minutos, abrí los ojos sin hacer un movimiento, despertado por no sé qué emoción confusa y extraña. En un principio no vi nada, pero de pronto me pareció que una de las páginas del libro que había dejado abierto sobre la mesa acababa de darse vuelta sola. No entraba ninguna corriente de aire por la ventana. Esperé, sorprendido. Al cabo de cuatro minutos, vi, sí, vi con mis propios ojos que una nueva página se levantaba y caía sobre la otra, como movida por un dedo. Mi sillón estaba vacío, aparentemente estaba vacío, pero comprendí que él estaba leyendo allí, sentado en mi lugar. ¡Con un furioso salto, un salto de fiera irritada que se rebela contra el domador, atravesé la habitación para atraparlo, estrangularlo y matarlo! Pero antes de que llegara, el sillón cayó delante de mí como si él hubiera huido... la mesa osciló, la lámpara rodó por el suelo y se apagó, y la ventana se cerró como si un malhechor sorprendido hubiese escapado por la oscuridad, tomando con ambas manos los batientes.

Había escapado; había sentido miedo, ¡miedo de mí!

Entonces, mañana... pasado mañana o cualquiera de estos... podré tenerlo bajo mis puños y aplastarlo contra el suelo. ¿Acaso a veces los perros no muerden y degüellan a sus amos?

18 de agosto

He pensado durante todo el día. ¡Oh!, sí, voy a obedecerle, seguiré sus impulsos, cumpliré sus deseos, seré humilde, sumiso y cobarde. Él es más fuerte. Hasta que llegue el momento...

19 de agosto

¡Ya sé... ya sé todo! Acabo de leer lo que sigue en la Revista del Mundo Científico: "Nos llega una noticia muy curiosa de Río de Janeiro. Una epidemia de locura, comparable a las demencias contagiosas que asolaron a los pueblos europeos en la Edad Media, se ha producido en el Estado de San Pablo. Los habitantes despavoridos abandonan sus casas y huyen de los pueblos, dejan sus cultivos, creyéndose poseídos y dominados, como un rebaño humano, por seres invisibles aunque tangibles, por especies de vampiros que se alimentan de sus vidas mientras los habitantes duermen, y que además beben agua y leche sin apetecerles aparentemente ningún otro alimento.

"El profesor don Pedro Henríquez, en compañía de varios médicos eminentes, ha partido para el Estado de San Pablo a fin de estudiar sobre el terreno el origen y las manifestaciones de esta sorprendente locura, y poder aconsejar al Emperador las medidas que juzgue convenientes para apaciguar a los delirantes pobladores".

¡Ah! ¡Ahora recuerdo el hermoso bergantín brasileño que pasó frente a mis ventanas remontando el Sena, el 8 de mayo último! Me pareció tan hermoso, blanco y alegre. Allí estaba él, que venía de lejos, ¡del lugar de donde es originaria su raza! ¡Y me vio! Vio también mi blanca vivienda, y saltó del navío a la costa. ¡Oh, Dios mío!

Ahora ya lo sé y lo presiento: el reinado del hombre ha terminado.

Ha venido aquel que inspiró los primeros terrores de los pueblos primitivos. Aquel que exorcizaban los sacerdotes inquietos y que invocaban los brujos en las noches oscuras, aunque sin verlo todavía. Aquel a quien los presentimientos de los transitorios dueños del mundo adjudicaban formas monstruosas o graciosas de gnomos, espíritus, genios, hadas y duendes. Después de las groseras concepciones del espanto primitivo, hombres más perspicaces han presentido con mayor claridad. Mesmer lo sospechaba, y hace ya diez años que los médicos han descubierto la naturaleza de su poder de manera precisa, antes de que él mismo pudiera ejercerlo. Han jugado con el arma del nuevo Señor, con una facultad misteriosa sobre el alma humana. La han denominado magnetismo, hipnotismo, sugestión... ¡qué sé yo! ¡Los he visto divertirse como niños imprudentes con este terrible poder! ¡Desgraciados de nosotros! ¡Desgraciado del hombre! Ha llegado el... el... ¿cómo se llama?... el... parece que me gritara su nombre y no lo oyese... el... sí... grita... Escucho... ¿cómo?... repite... el... Horla... He oído... el Horla... es él... ¡el Horla... ha llegado!...

¡Ah! El buitre se ha comido la paloma, el lobo ha devorado el cordero; el león ha devorado el búfalo de agudos cuernos: el hombre ha dado muerte al león con la flecha, el puñal y la pólvora, pero el Horla hará con el hombre lo que nosotros hemos hecho con el caballo y el buey: lo convertirá en su cosa, su servidor y su alimento, por el solo poder de su voluntad. ¡Desgraciados de nosotros!

No obstante, a veces el animal se rebela y mata a quien lo domestica... yo también quiero... yo podría hacer lo mismo... pero primero hay que conocerlo, tocarlo y verlo. Los sabios afirman que los ojos de los animales no distinguen las mismas cosas que los nuestros... Y mis ojos no pueden distinguir al recién llegado que me oprime. ¿Por qué? ¡Oh! Recuerdo ahora las palabras del monje del monte Saint-Michel: "¿Acaso vemos la cienmilésima parte de lo que existe? Observe, por ejemplo, el viento que es la fuerza más poderosa de la naturaleza, el viento, que derriba hombres y edificios, que arranca de cuajo los árboles, y levanta montañas de agua en el mar, que destruye los acantilados y arroja contra ellos a las grandes naves; el viento, que silba, gime y ruge. ¿Acaso lo ha visto usted alguna vez? ¿Acaso puede verlo? ¡Y sin embargo existe!".

Y yo seguía pensando: mis ojos son tan débiles e imperfectos que ni siquiera distinguen los cuerpos sólidos cuando son trasparentes como el vidrio... Si un espejo sin azogue obstruye mi camino chocaré contra él como el pájaro que penetra en una habitación y se rompe la cabeza contra los vidrios. Por lo demás, mil cosas nos engañan y desorientan. No puede extrañar entonces que el hombre no sepa percibir un cuerpo nuevo que atraviesa la luz.

¡Un ser nuevo! ¿Por qué no? ¡No podía dejar de venir! ¿Por qué nosotros íbamos a ser los últimos? Nosotros no los distinguimos pero tampoco nos distinguían los seres creados antes que nosotros. Ello se explica porque su naturaleza es más perfecta, más elaborada y mejor terminada que la nuestra, tan endeble y torpemente concebida, trabada por órganos siempre fatigados, siempre forzados como mecanismos demasiado complejos, que vive como una planta o como un animal, nutriéndose penosamente de aire, hierba y carne, máquina animal acosada por las enfermedades, las deformaciones y las putrefacciones; que respira con dificultad, imperfecta, primitiva y extraña, ingeniosamente mal hecha, obra grosera y delicada, bosquejo del ser que podría convertirse en inteligente y poderoso.

Existen muchas especies en este mundo, desde la ostra al hombre. ¿Por qué no podría aparecer una más, después de cumplirse el período que separa las sucesivas apariciones de las diversas especies?

¿Por qué no puede aparecer una más? ¿Por qué no pueden surgir también nuevas especies de árboles de flores gigantescas y resplandecientes que perfumen regiones enteras? ¿Por qué no pueden aparecer otros elementos que no sean el fuego, el aire, la tierra y el agua? ¡Sólo son cuatro, nada más que cuatro, esos padres que alimentan a los seres! ¡Qué lástima! ¿Por qué no serán cuarenta, cuatrocientos o cuatro mil?

¡Todo es pobre, mezquino, miserable! ¡Todo se ha dado con avaricia, se ha inventado secamente y se ha hecho con torpeza! ¡Ah! ¡Cuánta gracia hay en el elefante y el hipopótamo! ¡Qué elegante es el camello!

Se podrá decir que la mariposa es una flor que vuela. Yo sueño con una que sería tan grande como cien universos, con alas cuya forma, belleza, color y movimiento ni siquiera puedo describir. Pero lo veo... va de estrella a estrella, refrescándolas y perfumándolas con el soplo armonioso y ligero de su vuelo... Y los pueblos que allí habitan la miran pasar, extasiados y maravillados...

¿Qué es lo que tengo? Es el Horla que me hechiza, que me hace pensar esas locuras. Está en mí, se convierte en mi alma. ¡Lo mataré!

19 de agosto

Lo mataré. ¡Lo he visto! Anoche yo estaba sentado a la mesa y simulé escribir con gran atención. Sabía perfectamente que vendría a rondar a mi alrededor, muy cerca, tan cerca que tal vez podría tocarlo y asirlo. ¡Y entonces!... Entonces tendría la fuerza de los desesperados; dispondría de mis manos, mis rodillas, mi pecho, mi frente y mis dientes para estrangularlo, aplastarlo, morderlo y despedazarlo.

Yo acechaba con todos mis sentidos sobreexcitados.

Había encendido las dos lámparas y las ocho velas de la chimenea, como si fuese posible distinguirlo con esa luz.

Frente a mí está mi cama, una vieja cama de roble, a la derecha, la chimenea; a la izquierda, la puerta cerrada cuidadosamente, después de dejarla abierta durante largo rato a fin de atraerlo; detrás de mí, un gran armario con espejos que todos los días me servía para afeitarme y vestirme y donde acostumbraba mirarme de pies a cabeza cuando pasaba frente a él.

Como dije antes, simulaba escribir para engañarlo, pues él también me espiaba. De pronto, sentí, tuve la certeza de que leía por encima de mi hombro, de que estaba allí rozándome la oreja. Me levanté con las manos extendidas, girando con tal rapidez que estuve a punto de caer. Pues bien... se veía como si fuera pleno día, ¡y sin embargo no me vi en el espejo!... ¡Estaba vacío, claro, profundo y resplandeciente de luz! ¡Mi imagen no aparecía y yo estaba frente a él! Veía aquel vidrio totalmente límpido de arriba abajo. Y lo miraba con ojos extraviados; no me atrevía a avanzar, y ya no tuve valor para hacer un movimiento más. Sentía que él estaba allí, pero que se me escaparía otra vez, con su cuerpo imperceptible que me impedía reflejarme en el espejo. ¡Cuánto miedo sentí! De pronto, mi imagen volvió a reflejarse pero como si estuviese envuelta en la bruma, como si la observase a través de una capa de agua. Me parecía que esa agua se deslizaba lentamente de izquierda a derecha y que paulatinamente mi imagen adquiría mayor nitidez. Era como el final de un eclipse. Lo que la ocultaba no parecía tener contornos precisos; era una especie de trasparencia opaca, que poco a poco se aclaraba.

Por último, pude distinguirme completamente, como todos los días.

¡Lo había visto! Conservo el espanto que aún me hace estremecer.

20 de agosto

¿Cómo podré matarlo si está fuera de mi alcance?

¿Envenenándolo? Pero él me verá mezclar el veneno en el agua y tal vez nuestros venenos no tienen

ningún efecto sobre un cuerpo imperceptible. No...
no... decididamente no. Pero entonces... ¿qué haré
entonces?

21 de agosto

He llamado a un cerrajero de Ruán y le he encargado persianas metálicas como las que tienen algunas
residencias particulares de París, en la planta baja, para
evitar los robos. Me haré además una puerta simi-
lar. Me debe haber tomado por un cobarde, pero no
importa...

10 de septiembre

Ruán, Hotel Continental. Ha sucedido... ha sucedido... pero, ¿habrá muerto? Lo que vi me ha trastor-
nado.

Ayer, después que el cerrajero colocó la persiana y la
puerta de hierro, dejé todo abierto hasta medianoche
a pesar de que comenzaba a hacer frío. De improviso, sentí que estaba aquí y me invadió la alegría, una
enorme alegría. Me levanté lentamente y caminé en
cualquier dirección durante algún tiempo para que
no sospechase nada. Luego me quité los botines y me
puse distraídamente unas pantuflas. Cerré después la
persiana metálica y regresé con paso tranquilo hasta la
puerta, cerrándola también con dos vueltas de llave.
Regresé entonces hacia la ventana, la cerré con un can-
dado y guardé la llave en el bolsillo.

De pronto, comprendí que se agitaba a mi alrededor,
que él también sentía miedo, y que me ordenaba que le
abriera. Estuve a punto de ceder, pero no lo hice. Me
acerqué a la puerta y la entreabrí lo suficiente como

El Horla | 171

para poder pasar retrocediendo, y como soy muy alto mi cabeza llegaba hasta el dintel. Estaba seguro de que no había podido escapar y allí lo acorralé solo, completamente solo. ¡Qué alegría! ¡Había caído en mi poder! Entonces descendí corriendo a la planta baja; tomé las dos lámparas que se hallaban en la sala situada debajo de mi habitación y, con el aceite que contenían rocié la alfombra, los muebles, todo. Luego les prendí fuego, y me puse a salvo después de cerrar bien, con dos vueltas de llave, la puerta de entrada.

Me escondí en el fondo de mi jardín tras un macizo de laureles. ¡Qué larga me pareció la espera! Reinaba la más completa oscuridad, gran quietud y silencio; no soplaba la menor brisa, no había una sola estrella, nada más que montañas de nubes que aunque no se veían hacían sentir su gran peso sobre mi alma.

Miraba mi casa y esperaba. ¡Qué larga era la espera! Creía que el fuego ya se había extinguido por sí solo o que él lo había extinguido. Hasta que vi que una de las ventanas se hacía astillas debido a la presión del incendio, y una gran llamarada roja y amarilla, larga, flexible y acariciante, ascendía por la pared blanca hasta rebasar el techo. Una luz se reflejó en los árboles, en las ramas y en las hojas, y también un estremecimiento, ¡un estremecimiento de pánico! Los pájaros se despertaban; un perro comenzó a ladrar; parecía que iba a amanecer. De inmediato, estallaron otras ventanas, y pude ver que toda la planta baja de mi casa ya no era más que un espantoso brasero. Pero se oyó un grito en medio de la noche, un grito de mujer horrible, sobreagudo y desgarrador, al tiempo que se abrían las ventanas de dos buhardillas. ¡Me había olvidado de los criados! ¡Vi sus rostros enloquecidos y sus brazos que se agitaban!...

Despavorido, eché a correr hacia el pueblo gritando: "¡Socorro! ¡Socorro! ¡Fuego! ¡Fuego!". Encontré gente que ya acudía al lugar y regresé con ellos para ver.

La casa ya sólo era una hoguera horrible y magnífica, una gigantesca hoguera que iluminaba la tierra, una hoguera donde ardían los hombres, y él también. Él, mi prisionero, el nuevo Ser, el nuevo amo, ¡el Horla!

De pronto el techo entero se derrumbó entre las paredes y un volcán de llamas ascendió hasta el cielo. Veía esa masa de fuego por todas las ventanas abiertas hacia ese enorme horno, y pensaba que él estaría allí, muerto en ese horno...

¿Muerto? ¿Será posible? ¿Acaso su cuerpo, que la luz atravesaba, podía destruirse por los mismos medios que destruyen nuestros cuerpos?

¿Y si no hubiera muerto? Tal vez sólo el tiempo puede dominar al Ser Invisible y Temido. ¿Para qué ese cuerpo trasparente, ese cuerpo invisible, ese cuerpo de Espíritu, si también está expuesto a los males, las heridas, las enfermedades y la destrucción prematura?

¿La destrucción prematura? ¡Todo el temor de la humanidad procede de ella! Después del hombre, el Horla. Después de aquel que puede morir todos los días, a cualquier hora, en cualquier minuto, en cualquier accidente, ha llegado aquel que morirá solamente un día determinado en una hora y en un minuto determinado, al llegar al límite de su vida.

No... no... no hay duda, no hay duda... no ha muerto... Entonces, tendré que suicidarme.

Bola de Sebo

Durante muchos días consecutivos pasaron por la ciudad restos del ejército derrotado. Más que tropas regulares, parecían hordas en dispersión. Los soldados llevaban las barbas crecidas y sucias, los uniformes hechos jirones, y llegaban con apariencia de cansancio, sin bandera, sin disciplina. Todos parecían abrumados y derrengados, incapaces de concebir una idea o de tomar una resolución; andaban sólo por costumbre y caían muertos de fatiga en cuanto se paraban. Los más eran movilizados, hombres pacíficos, muchos de los cuales no hicieron otra cosa en el mundo que disfrutar de sus rentas, y los abrumaba el peso del fusil; otros eran jóvenes voluntarios impresionables, prontos al terror y al entusiasmo, dispuestos fácilmente a huir o acometer; y mezclados con ellos iban algunos veteranos aguerridos, restos de una división destrozada en un terrible combate; artilleros de uniforme oscuro, alineados con reclutas de varias procedencias, entre los cuales aparecía el brillante casco de algún dragón pausado en el andar, que seguía difícilmente la marcha ligera de los infantes.

Compañías de francotiradores, bautizados con epítetos heroicos: Los Vengadores de la Derrota, Los Ciudadanos de la Tumba, Los Compañeros de la Muerte, aparecían a su vez con aspecto de facinerosos, capitaneados por antiguos almacenistas de telas o de cereales, convertidos en jefes gracias a su dinero —cuando no al tamaño de las guías de sus bigotes—, cargados de armas, de abrigos y de galones, que hablaban con voz campanuda, proyectaban planes de campaña y pretendían ser los únicos cimientos, el único sostén de Francia agonizante, cuyo peso moral gravitaba por entero sobre sus hombros de fanfarrones, a la vez que se mostraban temerosos de sus mismos soldados, gentes del bronce, muchos de ellos valientes, y también forajidos y truhanes.

Por entonces se dijo que los prusianos iban a entrar en Ruán.

La Guardia Nacional, que desde dos meses atrás practicaba con gran lujo de precauciones prudentes reconocimientos en los bosques vecinos, fusilando a veces a sus propios centinelas y aprestándose al combate cuando un conejo hacía crujir la hojarasca, se retiró a sus hogares. Las armas, los uniformes, todos los mortíferos arreos que hasta entonces derramaron el terror sobre las carreteras nacionales, entre leguas a la redonda, desaparecieron de repente.

Los últimos soldados franceses acababan de atravesar el Sena buscando el camino de Pont-Audemer por Saint-Severt y Bourg-Achard, y su general iba tras ellos entre dos de sus ayudantes, a pie, desalentado porque no podía intentar nada con jirones de un ejército deshecho y enloquecido por el terrible desastre de un pueblo acostumbrado a vencer y al presente vencido, sin gloria ni desquite, a pesar de su bravura legendaria.

Una calma profunda, una terrible y silenciosa inquietud, abrumaron a la población. Muchos burgueses acomodados, entumecidos en el comercio, esperaban ansiosamente a los invasores, con el temor de que juzgasen armas de combate un asador y un cuchillo de cocina.

La vida se paralizó, se cerraron las tiendas, las calles enmudecieron. De tarde en tarde un transeúnte, acobardado por aquel mortal silencio, al deslizarse rápidamente, rozaba a lo largo de las paredes.

La zozobra, la incertidumbre, hicieron al fin desear que llegase, de una vez, el invasor.

En la tarde del día que siguió a la marcha de las tropas francesas, aparecieron algunos ulanos, sin que nadie se diese cuenta de cómo ni por dónde, y atravesaron a galope la ciudad. Luego, una masa negra se presentó por Santa Catalina, en tanto que otras dos oleadas de alemanes llegaban por los caminos de Darnetal y de Boisguillaume. Las vanguardias de los tres cuerpos se reunieron a una hora fija en la plaza del Ayuntamiento y por todas las calles próximas afluyó el ejército victorioso, desplegando sus batallones, que hacían resonar en el empedrado el compás de su paso rítmico y recio.

Las voces de mando, gritadas guturalmente, repercutían a lo largo de los edificios, que parecían muertos y abandonados, mientras que, detrás de los postigos entornados, algunos ojos inquietos observaban a los invasores, dueños de la ciudad y de vidas y haciendas por derecho de conquista. Los habitantes, a oscuras en sus vivencias, sentían la desesperación que producen los cataclismos, los grandes trastornos asoladores de la tierra, contra los cuales toda precaución y toda energía son estériles. La misma sensación se reproduce cada vez que se altera el orden establecido, cada vez que deja de existir la seguridad personal, y todo lo que protegen las leyes de los hombres o de la naturaleza se pone a merced de una brutalidad inconsciente y feroz. Un terremoto aplastando entre los escombros de las casas a todo el vecindario; un río desbordado que arrastra los cadáveres de los campesinos ahogados, junto a los bueyes y las vigas de sus viviendas, o un ejército victorioso que acuchilla a los que se defienden, hace a los demás prisioneros, saquea en nombre de las armas vencedoras y ofrenda sus preces a un dios, al compás de los cañonazos, son otros tantos azotes horribles que destruyen toda creencia en la eterna justicia, toda la confianza que nos han enseñado a tener en la protección del cielo y en el juicio humano.

Se acercaba a cada puerta un grupo de alemanes y se alojaban en todas las casas. Después del triunfo, la ocupación. Los vencidos se veían obligados a mostrarse atentos con los vencedores.

Al cabo de algunos días, y disipado ya el temor del principio, se restableció la calma. En muchas casas un oficial prusiano compartía la mesa de una familia. Algunos, por cortesía o por tener sentimientos delicados, compadecían a los franceses y manifestaban que les repugnaba verse obligados a tomar parte activa en la guerra. Se les agradecían esas demostraciones de aprecio, pensando, además, que alguna vez sería necesaria su protección. Con adulaciones, acaso evitarían el trastorno y el gasto de más alojamientos. ¿A qué hubiera conducido herir a los poderosos, de quienes dependían? Fuera más temerario que patriótico. Y la temeridad no es un defecto de los actuales burgueses de Ruán, como lo había sido en aquellos tiempos de heroicas defensas, que glorificaron y dieron lustre a la ciudad. Se razonaba —escudándose para ello en la caballerosidad francesa— que no podía juzgarse una afrenta extremar dentro de casa las atenciones, mientras en público se manifestase cada cual poco deferente con el soldado extranjero. En la calle, como si no se conocieran; pero en casa era muy distinto, y de tal modo lo trataban, que retenían todas las noches a su alemán de tertulia junto al hogar, en familia.

La ciudad recobraba poco a poco su plácido aspecto exterior. Los franceses no salían con frecuencia, pero los soldados prusianos transitaban por las calles a todas horas. Al fin y al cabo, los oficiales de húsares azules, que arrastraban con arrogancia sus sables por aceras, no demostraban a los humildes ciudadanos mayor desprecio del que les habían manifestado el año anterior los oficiales de cazadores franceses que frecuentaban los mismos cafés.

Había, sin embargo, un algo especial en el ambiente; algo sutil y desconocido; una atmósfera extraña e intolerable, como una peste difundida: la peste de la invasión. Esa peste saturaba las viviendas, las plazas públicas, trocaba el sabor de los alimentos, produciendo la impresión sentida cuando se viaja lejos del propio país, entre bárbaras y amenazadoras tribus.

Los vencedores exigían dinero, mucho dinero. Los habitantes pagaban sin chistar; eran ricos. Pero cuanto más opulento es el negociante normando, más le hace sufrir verse obligado a sacrificar una parte, por pequeña que sea, de su fortuna, poniéndola en manos de otro.

A pesar de la sumisión aparente, a dos o tres leguas de la ciudad, siguiendo el curso del río hacia Croiset, Dieppedalle o Biessart, los marineros y los pescadores con frecuencia sacaban del agua el cadáver de algún alemán, abotagado, muerto de una cuchillada, o de un garrotazo, con la cabeza aplastada por una piedra o lanzado al agua de un empujón desde oscuras venganzas, salvajes y legítimas represalias, desconocidos heroísmos, ataques mudos, más peligrosos que las batallas campales y sin estruendo glorioso.

Porque los odios que inspira el invasor arman siempre los brazos de algunos intrépidos, resignados a morir por una idea.

Pero como los vencedores, a pesar de haber sometido la ciudad al rigor de su disciplina inflexible, no habían cometido ninguna de las brutalidades que les atribuía y afirmaba su fama de crueles en el curso de su marcha triunfal, se rehicieron los ánimos de los vencidos y la conveniencia del negocio reinó de nuevo entre los comerciantes de la región. Algunos tenían planteados asuntos de importancia en El Havre, ocupado todavía por el ejército francés, y se propusieron hacer una intentona para llegar a ese puerto, yendo en coche a Dieppe, en donde podrían embarcar.

Apoyados en la influencia de algunos oficiales alemanes, a los que trataban amistosamente, obtuvieron del general un salvoconducto para el viaje.

Así, pues, se había prevenido una espaciosa diligencia de cuatro caballos para diez personas, previamente inscritas en el establecimiento de un alquilador de coches; y se fijó la salida para un martes, muy temprano, con objeto de evitar la curiosidad y aglomeración de transeúntes.

Días antes, las heladas habían endurecido ya la tierra, y el lunes, a eso de las tres, densos nubarrones empujados por un viento norte descargaron una tremenda nevada que duró toda la tarde y toda la noche.

A eso de las cuatro y media de la madrugada, los viajeros se reunieron en el patio de la Posada Normanda, en cuyo lugar debían tomar la diligencia.

Llegaban muertos de sueño; y tiritaban de frío, arrebujados en sus mantas de viaje. Apenas se distinguían en la oscuridad, y la superposición de pesados abrigos daba el aspecto, a todas aquellas personas, de sacerdotes barrigudos, vestidos con sus largas sotanas. Dos de los viajeros se reconocieron; otro los abordó y hablaron.

—Voy con mi mujer —dijo uno.

—Y yo.

El primero añadió:

–No pensamos volver a Ruán, y si los prusianos se acercan a El Havre, nos embarcaremos para Inglaterra.

Los tres eran de temperamento semejante y, sin duda, por eso tenían aspiraciones idénticas.

Aún estaba el carruaje sin enganchar. Un farolito llevado por un mozo de cuadra, de cuando en cuando aparecía en una puerta oscura, para desaparecer inmediatamente por otra. Los caballos herían con los cascos el suelo, produciendo un ruido amortiguado por el estiércol de las cuadras, y se oía una voz de hombre dirigiéndose a los animales, a intervalos razonables o blasfemadoras. Un ligero rumor de cascabeles anunciaba el manejo de los arneses, cuyo rumor se convirtió bien pronto en un tintineo claro y continuo, regulado por los movimientos de un animal; cesaba de pronto, y volvía a producirse con un brusca sacudida, acompañado por el ruido seco de las herraduras al chocar en las piedras.

Se cerró de golpe la puerta. Cesó todo ruido. Los burgueses, helados, ya no hablaban; permanecían inmóviles y rígidos.

Una espesa cortina de copos blancos se desplegaba continuamente, abrillantada y temblorosa; cubría la tierra, sumergiéndolo todo en una espuma helada; y sólo se oía en el profundo silencio de la ciudad el roce vago, inexplicable, tenue, de la nieve al caer, sensación más que ruido, entrecruzamiento de átomos ligeros que parecen llenar el espacio, cubrir el mundo.

El hombre reapareció con su linterna, tirando de un cabestro sujeto al morro de un caballo que le seguía de mala gana. Lo arrimó a la lanza, enganchó los tirantes, dio varias vueltas asegurando los arneses; todo lo hacía con una sola mano, sin dejar el farol que llevaba en la otra. Cuando iba de nuevo al establo para sacar al segundo animal reparó en los inmóviles viajeros, blanqueados ya por la nieve, y les dijo:

—¿Por qué no suben al coche y estarán resguardados al menos?

Sin duda no se les había ocurrido, y ante aquella invitación se precipitaron a ocupar sus asientos. Los tres maridos instalaron a sus mujeres en la parte anterior y subieron; enseguida, otras formas borrosas y arropadas fueron instalándose como podían, sin hablar ni una palabra.

En el suelo del carruaje había una buena porción de paja, en la cual se hundían los pies. Las señoras que habían entrado primero llevaban caloríferos de cobre con carbón químico, y mientras lo preparaban, charlaron a media voz: cambiaban impresiones acerca del buen resultado de aquellos aparatos y repetían cosas ya sabidas y que debieron tener olvidadas.

Por fin, una vez enganchados en la diligencia seis caballos en vez de cuatro, porque las dificultades aumentaban con el mal tiempo, una voz desde el asiento preguntó:

—¿Han subido ya todos?

Otra contestó desde dentro:

—Sí; no falta ninguno.

Y partieron.

Avanzaba lentamente a paso corto. Las ruedas se hundían en la nieve, la caja entera crujía con sordos rechinamientos; los animales resbalaban, resollaban, humeaban; y el gigantesco látigo del mayoral restallaba, sin reposo, volteaba en todos sentidos, enrollándose y desenrollándose como una delgada culebra, y azotando bruscamente la grupa de algún caballo, que se agarraba entonces mejor, gracias a un esfuerzo más grande.

La claridad aumentaba imperceptiblemente. Aquellos ligeros copos que un viajero culto, natural de Ruán precisamente, había comparado a una lluvia de algodón, luego dejaron de caer. Un resplandor amarillento se filtraba entre los nubarrones pesados y oscuros, bajo cuya sombra resaltaba más la resplandeciente blancura del campo donde aparecía, ya una hielera de árboles cubiertos de blanquísima escarcha, ya una choza con una caperuza de nieve.

A la triste claridad de la aurora lívida los viajeros empezaron a mirarse curiosamente.

Ocupando los mejores asientos de la parte anterior, dormitaban, uno frente a otro, el señor y la señora Loiseau, mayoristas de vinos en la calle de Grand Pont.

Antiguo dependiente de un viñatero, Loiseau hizo fortuna continuando por su cuenta el negocio que había sido la ruina de su principal. Vendiendo barato un vino malísimo a los taberneros rurales, adquirió fama de pícaro redomado, y era un verdadero normando rebosante de astucia y jovialidad.

Tanto como sus picardías, se comentaban también sus agudezas, no siempre ocultas, y sus bromas de todo género; nadie podía referirse a él sin añadir como un estribillo necesario: "Ese Loiseau es insustituible".

De poca estatura, realzaba con una barriga hinchada como un globo la pequeñez de su cuerpo, coronado por una cara colorada entre dos patillas canosas.

Alta, robusta, decidida, con mucha entereza en la voz y seguridad en sus juicios, su mujer era el orden, el cálculo aritmético de los negocios de la casa, mientras que Loiseau atraía con su actividad bulliciosa.

Junto a ellos iban sentados en la diligencia, muy dignos, como vástagos de una casta elegida, el señor Carré-Lamadon y su esposa. Era el señor Carré-Lamadon un hombre acaudalado, enriquecido en la industria algodonera, dueño de tres fábricas, caballero de la Legión de Honor y diputado provincial. Se mantuvo siempre contrario al Imperio, y capitaneaba un grupo de oposición tolerante, sin más objeto que hacerse valer sus condescendencias cerca del Gobierno, al cual había combatido siempre "con armas corteses", según calificaba él mismo su política. La señora Carré-

Lamadon, mucho más joven que su marido, era el consuelo de los militares distinguidos, mozos y arrogantes, que iban de guarnición a Ruán.

Sentada junto a la señora de Loiseau, menuda, bonita, envuelta en su abrigo de pieles, contemplaba con los ojos lastimosos el lamentable interior de la diligencia.

Junto a ellos se hallaban instalados el conde y la condesa Hurbert de Breville, descendientes de uno de los más nobles y antiguos linajes de Normandía. El conde, viejo aristócrata, de gallardo continente, hacía lo posible para exagerar, con los artificios de su tocado, su natural semejanza con el rey Enrique IV, quien según una leyenda gloriosa de la familia gozó, dándole fruto de bendición, a una señora de Breville, cuyo marido fue, por esta honra singular, nombrado conde y gobernador de provincia.

Colega del señor de Carré-Lamadon en la Diputación Provincial, representaba en el departamento al partido orleanista. Su vínculo con la hija de un humilde consignatario de Nantes fue incomprensible, y continuaba pareciendo misterioso. Pero como la condesa lució desde un principio aristocráticas maneras, recibiendo en su casa con una distinción que se hizo proverbial, y hasta dio que decir sobre si estuvo en relaciones amorosas con un hijo de Luis Felipe, la agasajaron mucho las damas de más noble alcurnia; sus reuniones fueron las más brillantes y vanidosas, las únicas donde se conservaron tradiciones de rancia etiqueta, y en las cuales era difícil ser admitido.

Las posesiones de los Brevilles producían –al decir de las gentes– unos quinientos mil francos de renta.

Por una casualidad imprevista, las señoras de aquellos tres caballeros acaudalados, representantes de la sociedad serena y fuerte, personas distinguidas y sensatas, que veneran la religión y los principios, se hallaban juntas a un mismo lado, cuyos otros asientos ocupaban dos monjas, que sin cesar hacían correr entre sus dedos las cuentas de los rosarios, desgranando padrenuestros y avemarías. Una era vieja, con el rostro descarnado, carcomido por la viruela, como si hubiera recibido en plena faz una perdigonada. La otra, muy endeble, inclinaba sobre su pecho de tísica una cabeza primorosa y febril, consumida por la fe devoradora de los mártires y de los iluminados.

Frente a las monjas, un hombre y una mujer atraían todas las miradas.

El hombre, muy conocido en todas partes, era Cornudet, demócrata y terror de las gentes respetables. Hacía veinte años que mojaba su barba rubia con la cerveza de todos los cafés populares. Había derrochado en orgías una importante fortuna que le dejó su padre, antiguo confitero, y aguardaba con impaciencia el triunfo de la República, para obtener al fin el puesto merecido por los innumerables tragos que le impusieron sus ideas revolucionarias. El día cuatro de septiembre, al caer el Gobierno, a causa de un error —o de una broma dispuesta intencionalmente—, se creyó nombrado prefecto; pero al ir a tomar posesión del cargo, los ordenanzas de la Prefectura, únicos empleados que allí quedaban, se negaron a reconocer su autoridad, y eso le contrarió hasta el punto de renunciar para siempre a sus ambiciones políticas. Buenazo, inofensivo y servicial, había organizado la defensa con ardor incomparable, haciendo abrir zanjas en las llanuras, talando las arboledas próximas, poniendo cepos en todos los caminos; y al aproximarse los invasores, orgulloso de su obra, se retiró hacia la ciudad. Luego, supuso que su presencia sería más provechosa en El Havre, necesitado tal vez de nuevos atrincheramientos.

La mujer que iba a su lado era una de las que llaman galantes, famosa por su gordura prematura, que le valió el sobrenombre de Bola de Sebo; de mediana estatura, mantecosa, con las manos abotagadas y los dedos estrangulados en las falanges –como rosarios de salchichas gordas y enanas–, con una piel suave y lustrosa, con un pecho enorme, rebosante, de tal modo complacía su frescura, que muchos la deseaban porque les parecía su carne apetitosa. Su rostro era como manzanita colorada, como un capullo de amapola en el momento de reventar; eran sus ojos negros, magníficos, velados por grandes pestañas, y su boca provocativa, pequeña, húmeda, palpitante de besos, con unos dientecitos apretados, resplandecientes de blancura.

Poseía también –a juicio de algunos– ciertas cualidades muy estimadas.

En cuanto la reconocieron las señoras que iban en la diligencia, comenzaron a murmurar; y las frases "vergüenza pública", "mujer prostituida", fueron pronunciadas con tal descaro que le hicieron levantar la cabeza. Fijó en sus compañeros de viaje una mirada, tan provocadora y arrogante que impuso de pronto silencio; y todos bajaron la vista excepto Loiseau, en cuyos ojos asomaba más deseo reprimido que disgusto exaltado.

Pronto la conversación se rehízo entre las tres damas, cuya recíproca simpatía se aumentaba por instantes con la presencia de la chica, convirtiéndose casi en intimidad. Se creían obligadas a estrecharse, a protegerse, a reunir su honradez de mujeres legales contra la vendedora de amor, contra la desvergonzada que ofrecía sus atractivos a cambio de algún dinero; porque el amor legal acostumbra ponerse muy intratable y malhumorado en presencia de una semejante libre.

También los tres hombres, agrupados por sus instintos conservadores, en oposición a las ideas de Cornudet, hablaban de intereses con alardes fatuos y desdeñosos, ofensivos para los pobres. El conde Hubert comentaba las pérdidas que le ocasionaban los prusianos, las que sumarían las reses robadas y las cosechas abandonadas, con altivez de señorón diez veces millonario, en cuya fortuna tantos desastres no lograban hacer mella. El señor Carré-Lamadon, precavido industrial, se había curado en salud, enviando a Inglaterra seiscientos mil francos, una bicoca de que podía disponer en cualquier instante. Y Loiseau dejaba ya vendido a la Intendencia del ejército francés todo el vino de sus bodegas, de manera que le debía el Estado una suma de importancia, que haría efectiva en El Havre.

Se miraban los tres con benevolencia y agrado; aun cuando su cualidad era muy distinta, los hermanaba el dinero, porque pertenecían los tres a la francmasonería de los pudientes que hacen sonar el oro al meter las manos en los bolsillos del pantalón.

El coche avanzaba tan lentamente, que a las diez de la mañana no había recorrido aún cuatro leguas. Comenzaron a intranquilizarse, porque salieron con la idea de almorzar en Totes, y no era ya posible que llegaran hasta el anochecer. Miraban a lo lejos con ansia de adivinar una posada en la carretera, cuando el coche se atascó en la nieve y estuvieron dos horas detenidos.

El hambre aumentaba, y perturbaba los ánimos; nadie podía socorrerlos, porque la temida invasión de los prusianos y el paso del hambriento ejército francés habían asustado a todos los industriales.

Los caballeros corrían en busca de provisiones a las granjas, acercándose a todos los que veían próximos a la carretera; pero no pudieron conseguir ni un pedazo de pan, absolutamente nada, porque los campesinos, desconfiados y ladinos, ocultaban sus provisiones, temerosos de que al pasar el ejército francés, falto de provisiones, agarrara cuanto encontrara.

Era poco más de la una cuando Loiseau anunció que sentía un gran vacío en el estómago. A todos los demás les ocurría otro tanto, y la invencible necesidad, manifestándose a cada instante con más fuerza, hizo languidecer horriblemente las conversaciones, imponiendo, al fin, un silencio absoluto.

De cuando en cuando alguien bostezaba; otro le seguía inmediatamente, y todos, cada uno conforme su carácter, su educación, abría la boca, escandalosa o disimuladamente, cubriéndose con las manos ansiosas, que despedían un aliento de angustia.

Bola de Sebo se inclinó varias veces como si buscase alguna cosa debajo de sus faldas. Vacilaba un momento, contemplando a sus compañeros de viaje; luego, se erguía tranquilamente. Los rostros palidecían y se crispaban por instantes. Loiseau aseguraba que pagaría mil francos por un jamoncito. Su esposa dio un respingo en señal de protesta, pero después se calmó: para la señora era un martirio la sola idea de un derroche, y no comprendía que ni en broma se dijeran semejantes atrocidades.

—La verdad es que me siento desmayado —advirtió el conde—. ¿Cómo es posible que no se me ocurriera traer provisiones?

Todos reflexionaban de modo análogo.

Cornudet llevaba un frasquito de ron. Lo ofreció, y rehusaron secamente. Pero Loiseau se decidió a beber unas gotas, y al devolver el frasquito, agradeció el obsequio con estas palabras:

—Al fin y al cabo, calienta el estómago y distrae un poco el hambre.

Cuando se reanimó, propuso alegremente que, ante la necesidad apremiante, debían, como los náufragos de la vieja canción, comerse al más gordo. Esta broma, en que se aludía muy directamente a Bola de Sebo, pareció de mal gusto a los viajeros bien educados. Nadie la tomó en cuenta, y solamente Cornudet sonreía. Las dos monjas acabaron de balbucear oraciones, y con las manos hundidas en sus anchurosas mangas, permanecían inmóviles, bajaban los ojos obstinadamente y sin duda ofrecían al Cielo el sufrimiento que les enviaba.

Por fin, a las tres de la tarde, mientras la diligencia atravesaba llanuras interminables y solitarias, lejos de todo poblado, Bola de Sebo se inclinó, resueltamente, para sacar de debajo del asiento una cesta cubierta de una servilleta blanca.

Sacó primero un plato de fina loza; luego, un vasito de plata, y después, una fiambrera donde había dos pollos asados, ya en trozos, y cubiertos de gelatina; aún dejó en la cesta otros manjares y golosinas, todo ello apetitoso y envuelto cuidadosamente: pasteles, queso, frutas, las provisiones dispuestas para un viaje de tres días, con objeto de no comer en las posadas. Cuatro botellas asomaban el cuello entre los paquetes.

Bola de Sebo agarró un ala de pollo y se puso a comerla, con mucha pulcritud, sobre medio panecillo de los que llaman regencias en Normandía.

El perfume de las viandas estimulaba el apetito de los otros y agravaba la situación, produciéndoles abundante saliva y contrayendo sus mandíbulas dolorosamente. Lindó en ferocidad el desprecio que a las viajeras inspiraba la muchacha; la hubieran asesinado, la hubieran arrojado por una ventanilla con su cubierto, su vaso de plata y su cesta y provisiones.

Pero Loiseau devoraba con los ojos la fiambrera de los pollos. Y dijo:

—La señora fue más precavida que nosotros. Hay gentes que no descuidan jamás ningún detalle.

Bola de sebo hizo un ofrecimiento amable:

—¿Usted gusta? ¿Le apetece algo, caballero? Es penoso pasar todo un día sin comer.

Loiseau hizo una reverencia de hombre agradecido:

—Francamente, acepto; el hambre obliga mucho. La guerra es la guerra. ¿No es cierto, señora?

Y lanzando una mirada a su alrededor, prosiguió:

—En momentos difíciles como el presente, consuela encontrar almas generosas.

Llevaba en el bolsillo un periódico y lo extendió sobre sus muslos para no mancharse los pantalones; con la punta de un cortaplumas pinchó una pata de pollo muy lustrosa, recubierta de gelatina. Le dio un bocado, y comenzó a comer tan complacido que aumentó con su alegría la desventura de los demás, que no pudieron reprimir un suspiro angustioso.

Con palabras cariñosas y humildes, Bola de Sebo propuso a las monjitas que tomaran algún alimento. Las dos aceptaron sin hacerse rogar; y con los ojos bajos, se pusieron a comer de prisa, después de pronunciar a media voz una frase de cortesía. Tampoco se mostró esquivo Cornudet a las insinuaciones de la muchacha, y con ella y las monjitas, teniendo un periódico sobre las rodillas de los cuatro, formaron, en la parte posterior del coche, una especie de mesa donde servirse.

Las mandíbulas trabajaban sin descanso; se abrían y se cerraban las bocas hambrientas y feroces. Loiseau, en un rinconcito, se despachaba muy a su gusto, queriendo convencer a su esposa para que se decidiera a imitarle. La señora se resistía; pero, al fin, víctima de un estremecimiento doloroso, le pidió permiso a "su encantadora compañera de viaje" para servir a la dama una tajadita.

Bola de Sebo se apresuró a decir:

—Cuanto usted guste.

Y sonriéndole con amabilidad, le alcanzó la fiambrera.

Al destaparse la primera botella de burdeos, se presentó un conflicto. Sólo había un vaso de plata. Se lo iban pasando uno al otro, después de restregar el borde con una servilleta. Cornudet, por galantería, sin duda, quiso poner sus labios donde los había puesto la muchacha.

Envueltos por la satisfacción ajena, y sumidos en la propia necesidad, ahogados por las emanaciones provocadoras y excitantes de la comida, el conde y la condesa de Bréville y el señor y la señora de Carré-Lamadon padecieron el suplicio espantoso que ha inmortalizado el nombre de Tántalo. De pronto, la monísima esposa del fabricante lanzó un suspiro que atrajo todas las miradas, su rostro estaba pálido, compitiendo en blancura con la nieve que sin cesar caía; se cerraron sus ojos, y su cuerpo languideció; se desmayó. Muy emocionado, el marido imploraba un socorro que los demás, aturdidos a su vez, no sabían cómo procurarle, hasta que la mayor de las monjitas, apoyando la cabeza de la señora sobre su hombro, puso en sus labios el vaso de plata lleno de vino. La enferma se repuso; abrió los ojos, volvieron sus mejillas a colorearse y dijo, sonriente, que se hallaba mejor que nunca; pero lo dijo con la voz desfallecida. Entonces la monjita, insistiendo para que agotara el burdeos que había en el vaso, advirtió:

—Es hambre, señora; es hambre lo que tiene usted.

Bola de Sebo, desconcertada, ruborosa, dirigiéndose a los cuatro viajeros que no comían, balbució:

—Yo les ofrecería con mucho gusto...

Pero se interrumpió, temerosa de ofender con sus palabras la susceptibilidad exquisita de aquellas nobles personas; Loiseau completó la invitación a su manera, librando de apuro a todos:

—¡Eh! ¿No somos hermanos todos los hombres, hijos de Adán, criaturas de Dios? Basta de cumplidos, y a remediarse caritativamente. Acaso no encontremos ni un refugio para dormir esta noche. Al paso que vamos, ya será mañana muy entrado el día cuando lleguemos a Totes.

Los cuatro dudaban, silenciosos, no queriendo asumir ninguno la responsabilidad que sobre un "sí" pesaría.

El conde dijo a la tímida muchacha, dando a sus palabras un tono solemne:

—Aceptamos, agradecidos a su mucha cortesía.

Lo difícil era dar el primer paso. Una vez pasado el Rubicón, todo fue cada vez más fluido. Vaciaron la cesta. Comieron, además de los pollos, un tarro de paté, una empanada, un pedazo de lengua, frutas, dulces, pepinillos y cebollitas en vinagre.

Imposible devorar la comida y no mostrarse atentos. Era inevitable una conversación general en que la muchacha pudiese intervenir; al principio les violentaba un poco, pero Bola de Sebo, muy discreta, los condujo insensiblemente a una confianza que hizo desvanecer todas las prevenciones. Las señoras de Breville y de Carré-Lamadon, que tenían un trato muy exquisito, se mostraron afectuosas y delicadas. Principalmente la condesa lució esa dulzura suave de gran señora que a todo puede arriesgarse, porque no hay en el mundo miseria que lograra manchar el rancio lustre de su alcurnia. Estuvo deliciosa. En cambio, la señora Loiseau, que tenía un alma de gendarme, no quiso doblegarse: hablaba poco y comía mucho.

Hablaron de la guerra, naturalmente. Adujeron infamias de los prusianos y heroicidades realizadas por los franceses: todas aquellas personas que huían del peligro alababan el valor.

Arrastrada por las historias que unos y otros referían, la muchacha contó, emocionada y humilde, los motivos que la obligaban a marcharse de Ruán:

—Al principio creí que me sería fácil permanecer en la ciudad vencida, ocupada por el enemigo. Había en mi casa muchas provisiones y supuse más cómodo mantener a unos cuantos alemanes que abandonar mi patria. Pero cuando los vi, no pude contenerme; su presencia me alteró: me descompuse y lloré de vergüenza todo el día. ¡Oh! ¡Quisiera ser hombre para vengarme! Débil mujer, con lágrimas en los ojos los veía pasar, veía sus cuerpos de cerdo y sus puntiagudos cascos, y mi criada tuvo que sujetarme para que no les tirase a la cabeza los tiestos de los balcones. Después fueron alojados, y al ver en mi casa, junto a mí aquella gentuza, ya no pude contenerme y me arrojé al cuello de uno para estrangularlo. ¡No son más duros que los otros, no! ¡Se hundían bien mis dedos en su garganta! Y lo hubiera matado si entre todos no me lo quitan. Ignoro cómo pude salvarme. Unos vecinos me ocultaron, y al fin me dijeron que podía irme a El Havre... Así vengo.

La felicitaron; aquel patriotismo que ninguno de los viajeros fue capaz de sentir agigantaba, sin embargo, la figura de la muchacha y Cornudet sonreía, con una sonrisa complaciente y protectora de apóstol; así oye un sacerdote a un penitente alabar a Dios; porque los revolucionarios barbudos monopolizan el patriotismo como los clérigos monopolizan la religión.

Luego habló doctrinalmente, con énfasis aprendido en las proclamas que a diario pone alguno en cada esquina, y remató su discurso con párrafo magistral.

Bola de Sebo se exaltó, y le contradijo; no, no pensaba como él; era bonapartista, y su indignación acentuaba su enrojecido rostro cuando balbucía:

—¡Yo hubiera querido verlos a todos ustedes en su lugar! ¡A ver qué hubieran hecho! ¡Ustedes tienen la culpa! ¡El emperador es su víctima! Con un gobierno de haraganes como ustedes, ¡daría gusto vivir! ¡Pobre Francia!

Cornudet, impasible, sonreía desdeñosamente; pero el asunto tomaba ya un cariz alarmante cuando el conde intervino, esforzándose por calmar a la muchacha exasperada. Lo consiguió y proclamó, en frases corteses, que son respetables todas las opiniones.

Mientras, la condesa y la esposa del industrial, que profesaban a la República el odio implacable de las gentes distinguidas y reverenciaban con instinto femenil a todos los gobiernos altivos y despóticos, involuntariamente se sentían atraídas hacia la prostituta, cuyas opiniones eran semejantes a las más prudentes y encopetadas.

Se había vaciado la cesta. Repartida entre diez personas, aun pareció escasez su abundancia, y casi todas lamentaron prudentemente que no hubiera más. La conversación proseguía, menos animada desde que no hubo nada que comer.

Cerraba la noche. La oscuridad era cada vez más densa, y el frío, punzante, penetraba y estremecía el cuerpo de Bola de Sebo, a pesar de su gordura. La señora condesa de Breville le ofreció su estufilla, cuyo carbón químico había sido renovado ya varias veces, y la muchacha se lo agradeció mucho, porque tenía los pies helados. Las señoras Carré-Lamdon y Loiseau corrieron las suyas hasta los pies de las monjas.

El cochero había encendido los faroles, que alumbraban con vivo resplandor las ancas de los caballos, y a uno y otro lado la nieve del camino parecía desplegarse bajo los reflejos temblorosos.

En el interior del coche nada se veía; pero de pronto se pudo notar un manoteo entre Bola de Sebo y Cornudet; Loiseau, que disfrutaba de una vista penetrante, creyó advertir que el hombre barbudo apartaba rápidamente la cabeza para evitar el castigo de un puño cerrado y certero.

En el camino aparecieron unos puntos luminosos. Llegaban a Totes, por fin. Después de catorce horas de viaje, la diligencia se detuvo frente a la posada Hotel del Comercio.

Abrieron la portezuela y algo terrible hizo estremecer a los viajeros: eran los golpes de la vaina de un sable cencerreando contra el suelo. Se oyeron palabras de un alemán.

La diligencia se había parado y nadie se apeaba, como si temieran que los acuchillasen al salir. Se acercó a la portezuela el cochero con un farol en la mano, y alzando el farol, alumbró súbitamente las dos hileras de rostros pálidos, cuyas bocas abiertas y cuyos ojos turbios denotaban sorpresa y espanto. Junto al cochero, recibiendo también la intensidad de luz, aparecía un oficial prusiano, joven, excesivamente delgado y rubio, con el uniforme ajustado como un corsé, ladeada la gorra de plato que le daba el aspecto recadero de posada inglesa. Muy largas y tiesas las guías del bigote –que disminuían indefinidamente hasta rematar en un solo pelo rubio, tan delgado que no era fácil ver dónde terminaba–, parecía tener las mejillas tirantes, violentando también las cisuras de la boca.

En francés alsaciano indicó a los viajeros que se bajaran:

–¿Quieren uztedez fajar, cenoras y cafalleroz?

Las dos monjitas, humildemente, obedecieron con una santa docilidad propia de las personas acostumbradas a la sumisión. Luego, el conde y la condesa; enseguida, el fabricante y su esposa. Loiseau al poner los pies en tierra, dijo al oficial:

–Buenas noches, caballero.

El prusiano, insolente como todos los poderosos, no se dignó contestar.

Bola de Sebo y Cornudet, aun cuando se hallaban más próximos a la portezuela que todos los demás, se bajaron últimos, erguidos y altaneros en presencia del enemigo. La muchacha trataba de contenerse y mostrarse tranquila; el revolucionario se resobaba la barba rubicunda con mano inquieta y algo temblorosa. Los dos querían mostrarse dignos, imaginando que representaba cada cual su patria en situaciones tan desagradables; y de modo semejante, fustigados por la frivolidad acomodaticia de sus compañeros, la muchacha estuvo más altiva que las mujeres honradas, y el otro, decidido a dar ejemplo, reflejaba en su actitud la misión de indómita resistencia que ya había lucido al abrir zanjas, talar bosques y minar caminos.

Entraron en la espaciosa cocina de la posada, y el prusiano, después de pedir el salvoconducto firmado por el general en jefe, donde constaban los nombres de todos los viajeros y se detallaba su profesión y estado, lo examinó detenidamente, comparando las personas con las referencias escritas.

Luego dijo, en tono brusco. Tosco y violento:

—Eztá fien.

Y se retiró.

Respiraron todos. Aún tenían hambre y pidieron de cenar. Tardarían media hora en poder sentarse a la mesa, y mientras las criadas hacían los preparativos, los viajeros curioseaban las habitaciones que les destinaban. Abrían sus puertas a un largo pasillo, donde una mampara de cristales raspados lucía un expresivo número.

Iban a sentarse a la mesa cuando se presentó el posadero. Era un antiguo chalán asmático y obeso que padecía constantes ahogos, con resoplidos, ronqueras y estertores. De su padre había heredado el nombre de Follenvie.

Al entrar preguntó:

—¿La señorita Isabel Rousset?

Bola de Sebo, sobresaltándose, dijo:

—¿Qué ocurre?

—Señorita, el oficial prusiano quiere hablar con usted ahora mismo.

—¿Para qué?

–Lo ignoro, pero quiere hablarle.

–Es posible. Yo, en cambio, no quiero hablar con él.

Hubo un momento de preocupación; todos pretendían adivinar el motivo de aquella orden. El conde se acercó a la muchacha:

–Señorita, es necesario reprimir ciertos ímpetus. Una intemperancia por parte de usted podría originar trastornos graves. No se debe nunca resistir a quien puede aplastarnos. La entrevista no revestirá importancia y, sin duda, tiene por objeto aclarar algún error deslizado en el documento.

Los demás se adhirieron a una opinión tan razonable; instaron, suplicaron, sermonearon y, al fin, la convencieron, porque todos temían las complicaciones que pudieran ocurrir. La muchacha dijo:

–Lo hago solamente por complacerlos a ustedes.

La condesa le estrechó la mano al decir:

–Agradecemos el sacrificio.

Bola de Sebo salió, y esperaron a servir la comida cuando volviera.

Todos hubieran preferido ser los llamados, temerosos de que la muchacha irascible cometiera una indiscreción y cada cual preparaba en su mente varias insulseces para el caso de comparecer.

Pero a los cinco minutos la muchacha reapareció, encendida, exasperada, balbuceando:

–¡Miserable! ¡Ah, miserable!

Todos quisieron averiguar lo sucedido; pero ella no respondió a las preguntas y se limitaba a repetir:

–Es un asunto mío, sólo mío, y a nadie le importa.

Como la muchacha se negó rotundamente a dar explicaciones, reinó el silencio en torno de la sopera humeante. Cenaron bien y alegremente, a pesar de los malos augurios. Como era muy aceptable la sidra, el matrimonio Loiseau y las monjas la tomaron, para economizar. Los otros pidieron vino, excepto Cornudet, que pidió cerveza. Tenía una manera especial de descorchar la botella, de hacer espuma, de contemplarla, inclinando el vaso, y de alzarlo para observar a trasluz su transparencia. Cuando bebía, sus barbas —de color de su brebaje predilecto— se estremecían de placer; guiñaba los ojos para no perder su vaso de vista y sorbía con tanta solemnidad como si aquella fuese la única misión de su vida. Se diría que parangonaba en su espíritu, hermanándolas, confundiéndolas en una, sus dos grandes pasiones: la cerveza y la Revolución, y seguramente no le fuera posible paladear aquella sin pensar en ésta.

El posadero y su mujer comían al otro extremo de la mesa. El señor Follenvie, resoplando como una locomotora rota, tenía demasiado jadeo para poder hablar mientras comía, pero ella no callaba ni solo un instante. Refería todas sus impresiones desde que vio a los prusianos por vez primera, lo que hacían, lo que decían los invasores, maldiciéndolos y odiándolos porque le costaba dinero mantenerlos, y también porque tenía un hijo soldado. Se dirigía siempre a la condesa, orgullosa de que la oyese una dama de tanto fuste.

Luego bajaba la voz para comunicar apreciaciones comprometidas; y su marido, interrumpiéndola de cuando en cuando, aconsejaba:

—Más prudente sería que callases.

Pero ella, sin hacer caso, proseguía:

—Sí, señora; esos hombres no hacen más que atracarse de cerdo y papas, de papas y de cerdo. Y no crea usted que son pulcros. ¡Oh, nada pulcros! Todo lo ensucian, y donde les apura... lo sueltan, con perdón sea dicho. Hacen el ejercicio durante horas todos los días, y anda por arriba y anda por abajo, y vuelve a la derecha y vuelve a la izquierda. ¡Si labrasen los campos o trabajasen en las carreteras de su país! Pero no, señora; esos militares no sirven para nada. El pobre tiene que alimentarlos mientras aprenden a destruir. Yo soy una vieja sin estudios; a mí no me han educado, es cierto; pero al ver que se fatigan y se revientan en ese ir y venir mañana y tarde, me digo: habiendo tantas gentes que trabajaban para ser útiles a los demás, ¿por qué otros procuran, a fuerza de tanto sacrificio, ser perjudiciales? ¿No es una compasión que se mate a los hombres, ya sean prusianos o ingleses, o poloneses o franceses? Vengarse de uno que nos hizo daño es punible, y el juez lo condena; pero si degüellan a nuestros hijos, como reses llevadas al matadero, no es punible, no se castiga; se dan condecoraciones al que destruye más. ¿No es cierto? Nada sé, nada me han enseñando; tal vez por mi falta de instrucción ignoro ciertas cosas, y me parecen injusticias.

Cornudet dijo alzando la voz:

—La guerra es una salvajada cuando se hace contra un pueblo tranquilo; es una obligación cuando sirve para defender la patria.

La vieja murmuró:

—Sí, defenderse ya es otra cosa. Pero ¿no deberíamos antes ahorcar a todos los reyes que tienen la culpa?

Los ojos de Cornudet se abrillantaron:

—¡Magnífico, ciudadana!

El señor Carré-Lamadon reflexionaba. Sí, era fanático por la gloria y el heroísmo de los famosos capitanes; pero el sentido práctico de aquella vieja le hacía calcular el provecho que reportarían al mundo todos los brazos que se adiestran en el manejo de las armas, todas las energías infecundas, consagradas a preparar y sostener las guerras, cuando se aplicasen a industrias que necesitan siglos de actividad.

Loiseau se levantó y, acercándose al fondista, le habló en voz baja. Oyéndolo, Follenvie reía, tosía, escupía; su enorme vientre rebotaba gozoso con las bromas del forastero; y le compró seis barriles de burdeos para la primavera, cuando se hubiesen retirado los invasores.

Acabada la cena, como era mucho el cansancio que sentían, se fueron todos a sus habitaciones.

Pero Loiseau, observador minucioso y sagaz, cuando su mujer se hubo acostado, utilizó los ojos y oído alternativamente al agujero de la cerradura para descubrir lo que llamaba "misterios de pasillo".

Al cabo de una hora, aproximadamente, vio pasar a Bola de Sebo, más apetitosa que nunca, rebozando en su peinador de casimir con blondas blancas. Se alumbraba con una palmatoria y se dirigía a la mampara de cristales raspados, en donde lucía un expresivo número. Y cuando la muchacha se retiraba, minutos después, Cornudet abría su puerta y la seguía en calzoncillos.

Hablaron y después Bola de Sebo defendía enérgicamente la entrada de su alcoba. Loiseau, a pesar de sus esfuerzos, no pudo comprender lo que decían; pero, al fin, como levantaron la voz, pudo comprender de qué se trataba. Cornudet, obstinado, resuelto, decía:

—¿Por qué no quieres? ¿Qué te importa?

Ella, con indignada y arrogante apostura, le respondió:

—Amigo mío, hay circunstancias que obligan mucho; no siempre se puede hacer todo, y además, aquí sería una vergüenza.

Sin duda, Cornudet no comprendió, y como se obstinase, insistiendo en sus pretensiones, la muchacha, más arrogante aun y en voz más recia, le dijo:

—¿No lo comprende?... ¿Hay prusianos en la casa, tal vez pared de por medio?

Y calló. Ese pudor patriótico de cantinera que no permite libertades frente al enemigo, debió de reanimar la desfallecida fortaleza del revolucionario, quien después de besarla para despedirse afectuosamente, se retiró a paso de lobo hasta su alcoba.

Loiseau, bastante alterado, abandonó su observatorio, hizo unas cabriolas y, al meterse de nuevo en la cama, despertó a su amiga y la besó y le dijo al oído:

–¿Me quieres mucho, vida mía?

Reinó el silencio en toda la casa. Y al poco rato se alzó resonando en todas partes, un ronquido, que bien pudiera salir de la cueva o del desván; un ronquido alarmante, monstruoso, acompasado, interminable, con estremecimientos de caldera en ebullición. El señor Follenvie dormía.

Como habían convenido en proseguir el viaje a las ocho de la mañana, todos bajaron temprano a la cocina; pero la diligencia, enfundada por la nieve, permanecía en el patio, solitaria, sin caballos y sin mayoral. En vano buscaban a éste por los desvanes y las cuadras. No encontrándolo dentro de la posada, salieron a buscarlo y se hallaron de pronto en la plaza, frente a la Iglesia, entre casuchas de un solo piso, donde se veían soldados alemanes. Uno pelaba papas; otro, muy barbudo y grandote, acariciaba a una criaturita de pecho que lloraba, y la mecía sobre sus rodillas para que se calmase o se durmiese, y las campesinas, cuyos maridos y cuyos hijos estaban "en las tropas de la guerra", indicaban por signos a los vencedores, obedientes, los trabajos que debían hacer: cortar leña, encender lumbre, moler café. Uno lavaba la ropa de su patrona, pobre vieja impedida.

El conde, sorprendido, interrogó al sacristán, que salía del presbiterio. El acartonado murciélago le respondió:

–¡Ah! Esos no son dañinos; creo que no son prusianos: vienen de más lejos, ignoro de qué país; y todos han dejado en su pueblo un hogar, una mujer, unos hijos; la guerra no los divierte. Juraría que también sus familias lloran mucho, que también se perdieron sus cosechas por la falta de brazos; que allí como aquí, amenaza una espantosa miseria a los vencedores como a los vencidos. Después de todo, en este pueblo no podemos quejarnos, porque no maltratan a nadie y nos ayudan trabajando como si estuvieran en su casa. Ya ve usted, caballero: entre los pobres hay siempre caridad... Son los ricos los que hacen las guerras crueles.

Cornudet, indignado por la recíproca y cordial condescendencia establecida entre vencedores y vencidos, volvió a la posada, porque prefería encerrarse aislado en su habitación a ver tales oprobios. Loiseau tuvo, como siempre, una frase oportuna y graciosa; "Repueblan"; y el señor Carré-Lamadon pronunció una solemne frase "Restituyen".

Pero no encontraban al mayoral. Después de muchas indagaciones, lo descubrieron sentado tranquilamente, con el ordenanza del oficial prusiano, en una taberna.

El conde lo interrogó:

—¿No le habían mandado enganchar a las ocho?

—Sí; pero después me dieron otra orden.

—¿Cuál?

—No enganchar.

—¿Quién?

—El comandante prusiano.

—¿Por qué motivo?

—Lo ignoro. Pregúnteselo. Yo no soy curioso. Me prohíben enganchar y no engancho. Ni más ni menos.

—Pero ¿le ha dado esa orden el mismo comandante?

—No; el posadero, en su nombre.

—¿Cuándo?

—Anoche, al retirarme.

Los tres caballeros volvieron a la posada bastante intranquilos.

Preguntaron por Follenvie, y la criada les dijo que no se levantaba el señor hasta muy tarde, porque apenas lo dejaba dormir el asma; tenía terminantemente prohibido que lo llamasen antes de las diez, como no fuera en caso de incendio.

Quisieron ver al oficial, pero tampoco era posible, aun cuando se hospedaba en la casa, porque únicamente Follenvie podía tratar con él de sus asuntos civiles.

Mientras los maridos aguardaban en la cocina, las mujeres volvieron a sus habitaciones para ocuparse de las minucias de su tocado.

Cornudet se instaló bajo la saliente campana del hogar, donde ardía un buen leño; mandó que le acercaran un veladorcito de hierro y que le sirvieran un jarro de cerveza; sacó la pipa, que gozaba entre los demócratas casi tanta consideración como el personaje que la poseía –una pipa que parecía servir a la patria tanto como Cornudent–, y se puso a fumar.

Era una hermosa pipa de espuma, primorosamente trabajada, tan negra como los dientes que la oprimían pero brillante, perfumada, con una curvatura favorable a la mano, de una forma tan discreta, que parecía una facción más de su dueño.

Y Cornudet, inmóvil, tan pronto fijaba los ojos en las llamas del hogar como en la espuma del jarro; después de cada sorbo acariciaba satisfecho con su mano flaca su cabellera sucia, cruzando vellones de humo blanco en las marañas de sus bigotes macilentos.

Loiseau, con el pretexto de salir a estirar las piernas, recorrió el pueblo para negociar sus vinos en todos los comercios. El conde y el industrial discurrían acerca de cuestiones políticas y profetizaban el provenir de Francia. Según el uno, todo lo remediaría el advenimiento de los Orleáns; el otro solamente confiaba en un redentor ignorado, un héroe que apareciera cuando todo agonizase; un Duguesclin, una Juana de Arco y ¿por qué no un invencible Napoleón I? ¡Ah! ¡Si el príncipe imperial no fuese demasiado joven! Oyéndolos, Cornudet sonreía como quien ya conoce los misterios del futuro; y su pipa embalsamaba el ambiente.

A las diez bajó Follenvie. Le hicieron varias preguntas apremiantes, pero él sólo pudo contestar:

—El comandante me dijo: "Señor Follenvie, no permita usted que mañana enganche la diligencia. Esos viajeros no saldrán de aquí hasta que yo lo disponga".

Entonces resolvieron avistarse con el oficial prusiano. El conde le hizo pasar una tarjeta, en la cual escribió Carré-Lamdon su nombre y sus títulos.

El prusiano les hizo decir que los recibiría cuando hubiera almorzado. Faltaba una hora.

Ellos y ellas comieron, a pesar de su inquietud. Bola de Sebo estaba febril y extraordinariamente desconcertada.

Acababan de tomar el café cuando les avisó el ordenanza.

Loiseau se agregó a la comisión; intentaron arrastrar a Cornudet, pero éste dijo que no entraba en sus cálculos pactar con los enemigos. Y volvió a instalarse cerca del fuego, ante otro jarro de cerveza.

Los tres caballeros entraron en la mejor habitación de la casa, donde los recibió el oficial, tendido en un sillón, con los pies encima de la chimenea, fumando en una larga pipa de loza y envuelto en una espléndida bata, recogida tal vez en la residencia campestre de algún acaudalado de gustos graciosos. No se levantó, ni saludó, ni los miró siquiera. ¡Magnífico ejemplar de la soberbia desfachatez acostumbrada entre los militares victoriosos!

Luego dijo:

—¿Qué desean uztedez?

El conde tomó la palabra:

—Deseamos proseguir nuestro viaje, caballero.

—No.

—¿Sería usted lo bastante bondadoso para comunicarnos la causa de tan imprevista detención?

—Mi voluntad. Porque cho no quiero.

—Me atrevo a recordarle, respetuosamente, que traemos un salvoconducto, firmado por el general en jefe, que nos permite llegar a Dieppe. Y supongo que nada justifica tales rigores.

—Cho no quiero. Ezo ez todo. Nada máz que mi voluntad. Pueden uztedez retirarse.

Hicieron una reverencia y se retiraron.

La tarde fue desastrosa: no sabían cómo explicar el capricho del prusiano y les preocupaban las ocurrencias más inverosímiles. Todos en la cocina se angustiaban imaginando cuál pudiera ser el motivo de su detención. ¿Los conservarían como rehenes? ¿Por qué? ¿Los llevarían prisioneros? ¿Pedirían por su libertad un rescate de importancia? El pánico los enloqueció. Los más ricos se amilanaban con ese pensamiento: se creían ya obligados, para salvar la vida en aquel trance, a derramar tesoros entre las manos de un militar insolente. Pensaban inventando embustes verosímiles, fingimientos engañosos que salvaran su dinero del peligro en que lo veían, haciéndolos aparecer como infelices arruinados. Loiseau, disimuladamente, guardó en el bolsillo la pesada cadena de oro de su reloj. Al oscurecer aumentaron sus aprensiones. Encendieron el quinqué, y, como aún faltaban dos horas para la comida, resolvieron jugar a la treinta y una. Cornudet, hasta el propio Cornudet, apagó su pipa y, cortésmente, se acercó a la mesa.

El conde agarró los naipes, Bola de Sebo hizo treinta y una. El interés del juego alejaba los temores.

Cornudet pudo advertir que la señora y el señor Loiseau, de común acuerdo, hacían trampas.

Cuando iban a servir la comida, Follenvie apareció y dijo:

—El oficial prusiano pregunta si la señora Isabel Rousset se ha decidido ya.

Bola de Sebo, en pie, al principio demacrada, luego arrebatada, sintió un impulso de cólera tan grande que de pronto no le fue posible hablar. Después dijo:

—Contéstele a ese canalla, sucio y repugnante, que nunca me decidiré a eso. ¡Nunca, nunca, nunca!

El posadero se retiró. Todos rodearon a Bola de Sebo, solicitada, interrogada por todos para revelar el misterio de aquel recado. Se negó al principio, hasta que finalmente exasperada exclamó:

–¿Qué quiere?... ¿Qué quiere?... ¿Qué quiere?... ¡Nada! ¡Estar conmigo!

La indignación instantánea no tuvo límites. Se alzó un clamoreo de protesta contra semejante iniquidad. Cornudet rompió un vaso, al dejarlo, violentamente, sobre la mesa. Se inquietaban todos, como si a todos alcanzara el sacrificio exigido a la muchacha. El conde manifestó que los invasores inspiraban más repugnancia que terror, portándose como los antiguos bárbaros. Las mujeres prodigaban a Bola de Sebo una piedad noble y cariñosa.

Cuando le efervescencia hubo pasado, comieron. Se habló poco. Meditaban.

Se retiraron pronto las señoras, y los caballeros organizaron una partida de ecarté, invitando a Follenvie con el propósito de indagarle con habilidad en averiguación de los recursos más convenientes para vencer la obstinada insistencia del prusiano. Pero Follenvie sólo pensaba en sus cartas, ajeno a cuanto le decían y sin contestar a las preguntas, limitándose a repetir:

–Al juego, al juego, señores.

Fijaba tan profundamente su atención en los naipes, que hasta se olvidaba de escupir y respiraba con estertor angustioso. Producían sus pulmones todos los registros del asma, desde los más graves y profundos a los chillidos roncos y destemplados que lanzan los polluelos cuando aprenden a cacarear.

No quiso retirarse cuando su mujer, con mucho sueño, bajó en su busca, y la mujer se volvió sola porque tenía por costumbre levantarse con el sol, mientras su marido, de natural trasnochador, estaba siempre dispuesto a no acostarse hasta el alba.

Cuando se convencieron de que no era posible arrancarle ni media palabra, lo dejaron para irse cada cual a su alcoba.

Tampoco fueron perezosos para levantarse al otro día, con la esperanza que les hizo concebir su deseo cada vez mayor de continuar libremente su viaje. Pero los caballos descansaban en los establos; el mayoral no comparecía. Se entretuvieron dando paseos en torno de la diligencia.

Desayunaron silenciosos, indiferentes ante Bola de Sebo. Las reflexiones de la noche habían modificado sus juicios; odiaban a la muchacha por no haberse decidido a buscar en secreto al prusiano, preparando un alegre despertar, una sorpresa muy agradable a sus compañeros. ¿Había nada más justo? ¿Quién lo hubiera sabido? Pudo salvar las apariencias, dando a entender al oficial prusiano que cedía para no perjudicar a tan ilustres personajes. ¿Qué importancia pudo tener su complacencia, para una muchacha como Bola de Sebo?

Reflexionaban así todos, pero ninguno declaraba su opinión.

Al mediodía, para distraerse del aburrimiento, propuso el conde que diesen un paseo por las afueras. Se abrigaron bien y salieron; sólo Cornudet prefirió quedarse junto a la lumbre, y las dos monjas pasaban las horas en la iglesia o en casa del párroco.

El frío, cada vez más intenso, les pellizcaba las orejas y las narices; los pies les dolían al andar; cada paso era un martirio. Y al descubrir la campiña les pareció tan horrorosamente lúgubre su extensa blancura que todos a la vez retrocedieron con el corazón oprimido y el alma helada.

Las cuatro señoras iban. Y las seguían a corta distancia los tres caballeros.

Loiseau, muy seguro de que los otros pensaban como él, preguntó si aquella mala pécora no daba señales de acceder para evitarles que se prolongara indefinidamente su detención. El conde, siempre cortés, dijo que no podía exigírsele a una mujer sacrificio tan humillante cuando ella no se lanzaba por impulso propio.

El señor Carré-Lamdon hizo notar que si los franceses, como estaba proyectado, tomaran de nuevo la ofensiva por Dieppe, la batalla probablemente se desarrollaría en Totes. Puso a los otros dos en cuidado semejante ocurrencia.

—¿Y si huyéramos a pie? —dijo Loiseau.

—¿Cómo es posible, pisando nieve y con las señoras? -exclamó el conde—. Además, nos perseguirían y luego nos juzgarían como prisioneros de guerra.

—Es cierto, no hay escape.

Y callaron.

Las señoras hablaban de vestidos; pero por su ligera conversación flotaba una inquietud que les hacía opinar de opuesto modo.

Cuando apenas lo recordaban, apareció el oficial prusiano en el extremo de la calle. Sobre la nieve que cerraba el horizonte perfilaba su talle oprimido y separaba las rodillas al andar, con ese movimiento propio de los militares que procuran salvar del barro las botas primorosamente lustrosas.

Se inclinó al pasar junto a las damas y miró despreciativo a los caballeros, los cuales tuvieron suficiente coraje para no descubrirse, aun cuando Loiseau echase mano al sombrero.

La muchacha se ruborizó hasta las orejas y las tres señoras casadas padecieron la humillación de que las viera el prusiano en la calle con la mujer a la cual trataba él tan groseramente.

Y hablaron de su empaque, de su rostro. La señora Carré-Lamdon, que por haber sido amiga de muchos oficiales podía opinar con fundamento, juzgó al prusiano aceptable, y hasta se dolió de que no fuera francés, muy segura de que seduciría con el uniforme de soldado a muchas mujeres.

Ya en casa, no se habló más del asunto. Se intercambiaron algunas actitudes con motivos insignificantes. La cena, silenciosa, terminó pronto, y cada uno fue a su alcoba con ánimo de buscar en el sueño un recurso contra el hastío.

Bajaron por la mañana con los rostros fatigados; se mostraron irascibles; y las damas apenas dirigieron la palabra a Bola de Sebo.

La campana de la iglesia tocó a gloria. La muchacha recordó su casi olvidada maternidad (pues tenía una criatura en casa de unos labradores de Yvetot). El anunciado bautizo la enterneció y quiso asistir a la ceremonia.

Ya libres de su presencia, y reunidos los demás, se agruparon, comprendiendo que tenían algo que decirse, algo que acordar. Se le ocurrió a Loiseau proponer al comandante que se quedara con la muchacha y dejase a los otros proseguir tranquilamente su viaje.

Follenvie fue con la embajada y volvió porque, sin oírle siquiera, el oficial repitió que ninguno se iría mientras él no quedara complacido.

Entonces, el carácter temperamental de la señora Loiseau la hizo estallar:

—No podemos envejecer aquí. ¿No es el oficio de la muchacha complacer a todos los hombres? ¿Cómo se permite rechazar a uno? ¡Si la conoceremos! En Rúan lo arrebaña todo; hasta los cocheros tienen que ver con ella. Sí, señora; el cochero de la Prefectura. Lo sé de buen comentario; como que toman vino de casa. Y hoy que podría sacarnos de un apuro sin la menor violencia, ¡hoy hace tonterías, la muy zorra! En mi opinión, ese prusiano es un hombre muy correcto. Ha vivido sin trato de mujeres muchos días; hubiera preferido, seguramente, a cualquiera de nosotras; pero se contenta, para no abusar de nadie, con la que pertenece a todo el mundo. Respeta el matrimonio y la virtud ¡cuando es el amo, el señor! Le bastaría decir: "Ésta quiero" y obligar a viva fuerza, entre soldados, a la elegida.

Las damas se sorprendieron. Los ojos de la señora Carré-Lamadon brillaron; sus mejillas palidecieron, como si ya se viese violada por el prusiano.

Los hombres discutían aparte y llegaron a un acuerdo.

Al principio, Loiseau, furibundo, quería entregar a la miserable atada de pies y manos. Pero el conde, fruto de tres abuelos diplomáticos, prefería tratar el asunto hábilmente, y propuso:

—Tratemos de convencerla.

Se unieron a las damas. La discusión se generalizó. Todos opinaban en voz baja, con mesura. Principalmente las señoras proponían el asunto con rebuscamiento de frases ocultas y rodeos encantadores, para no proferir palabras vulgares.

Alguien que de pronto las hubiera oído, sin duda no sospecharía del argumento de la conversación; de tal modo se cubrían con flores las torpezas audaces. Pero, como el baño de pudor que defiende a las damas distinguidas en sociedad es muy tenue, aquella brutal aventura las divertía, sintiéndose a gusto, en su elemento, interviniendo en un lance de amor, con la sensualidad propia de un cocinero goloso que prepara una cena exquisita sin poder probarla siquiera.

Se alegraron, porque la historia les hacía mucha gracia. El conde se permitió alusiones bastantes atrevidas —pero decorosamente apuntadas— que hicieron sonreír. Loiseau estuvo menos correcto, y sus audacias no lastimaron los oídos pulcros de sus oyentes. La idea, expresada brutalmente por su mujer, persistía en los razonamientos de todos: "¿No es el oficio de la muchacha complacer a los hombres? ¿Cómo se permite rechazar a uno?". La delicada señora Carré-Lamadon imaginaba tal vez que, puesta en tan duro trance, rechazaría menos al prusiano que a otro cualquiera.

Prepararon el bloqueo, lo que tenía que decir cada uno y las maniobras correspondientes; quedó en regla el plan de ataque, los ardides y astucias que deberían abrir al enemigo la ciudadela viviente.

Cornudet no entraba en la discusión, completamente ajeno al asunto.

Estaban todos tan preocupados, que no sintieron llegar a Bola de Sebo; pero el conde, advertido, hizo una señal que los demás comprendieron.

Callaron, y la sorpresa prolongó aquel silencio, no permitiéndoles de pronto hablar. La condesa, más versada en disimulos y tretas de salón, dirigió a la muchacha esta pregunta:

—¿Estuvo muy bien el bautizo?

Bola de Sebo, emocionada, les dio cuenta de todo, y acabó con esta frase:

—Algunas veces consuela mucho rezar.

Hasta la hora del almuerzo se limitaron a mostrarse amables con ella, para inspirarle confianza y docilidad a sus consejos.

Ya en la mesa, emprendieron la conquista. Primero, una conversación superficial acerca del sacrificio. Se citaron ejemplos: Judit y Holofernes; y, sin venir al caso, Lucrecia y Sextus. Cleopatra, esclavizando con los placeres de su lecho a todos los generales enemigos. Y apareció una historia fantaseada por aquellos millonarios ignorantes, conforme a la cual iban a Capua las matronas romanas para adormecer entre sus brazos amorosos al fiero Aníbal, a sus lugartenientes y a sus falanges de mercenarios. Citaron a todas las mujeres que han detenido a los conquistadores ofreciendo sus encantos para dominarlos con un arma poderosa e irresistible; que vencieron con

sus caricias heroicas a monstruos repulsivos y odia-
dos; que sacrificaron su castidad a la venganza o a la
sublime abnegación.

Discretamente, fue mencionada la inglesa linaju-
da que se mandó inocular una horrible y contagiosa
podredumbre para transmitírsela con fingido amor a
Bonaparte, quien se libró milagrosamente gracias a un
descuido repentino en la cita fatal.

Y todo se decía con delicadeza y moderación, ofre-
ciéndose de cuando en cuando el entusiástico elogio
que provocase la curiosidad heroica.

De todos aquellos rasgos ejemplares pudiera dedu-
cirse que la misión de la mujer en la tierra se reducía
solamente a sacrificar su cuerpo, abandonándolo de
continuo entre la tropa lujuriosa.

Las dos monjitas no atendieron, y es posible que ni
se dieran cuenta de lo que decían los otros, ensimisma-
das en más íntimas reflexiones.

Bola de Sebo no despegaba los labios. La dejaron
reflexionar toda la tarde.

Cuando iban a sentarse a la mesa para comer apareció Follenvie para repetir la frase de la víspera.

Bola de Sebo respondió ásperamente.

–Nunca me decidiré a eso. ¡Nunca, nunca!

Durante la comida, los aliados tuvieron poca suerte.
Loiseau dijo tres impertinencias. Se preocupaban cada
vez más para descubrir nuevas heroicidades –y sin que
saltase al paso ninguna–, cuando la condesa, tal vez
sin premeditarlo, sintiendo una irresistible comezón de
rendir a la Iglesia un homenaje, se dirigió a una de las
monjas –la más respetable por su edad– y le rogó que
refiriese algunos actos heroicos de la historia de los
santos que habían cometido excesos criminales para
humanos y apetecidos por la Divina Piedad, que los
juzgaba conforme a la intención, sabedora de que se
ofrecían a la gloria de Dios o a la salud y provecho del

prójimo. Era un argumento contundente. La condesa lo comprendió, y fuese por una tácita condescendencia natural en todos los que visten hábitos religiosos, o sencillamente por una casualidad afortunada, lo cierto es que la monja contribuyó al triunfo de los aliados con un formidable refuerzo. La habían juzgado tímida, y se mostró arrogante, violenta, elocuente. No tropezaba en incertidumbres casuísticas, era su doctrina como una barra de acero; su fe no vacilaba jamás, y no enturbiaba su conciencia ningún escrúpulo. Le parecía sencillo el sacrificio de Abrahán; también ella hubiese matado a su padre y a su madre por obedecer un mandato divino; y, en su concepto, nada podía desagradar al Señor cuando las intenciones eran laudables. Aprovechando la condesa tan favorable argumentación de su improvisada cómplice, la condujo a parafrasear un edificante axioma, "el fin justifica los medios", con esta pregunta:

—¿Supone usted, hermana, que Dios acepta cualquier camino y perdona siempre, cuando la intención es honrada?

—¿Quién lo duda, señora? Un acto punible puede, con frecuencia, ser meritorio por la intención que lo inspire.

Y continuaron así discurriendo acerca de las decisiones recónditas que atribuían a Dios, porque lo suponían interesado en sucesos que, a la verdad, no deben importarle mucho.

La conversación, así encaminada por la condesa, se tradujo en un giro hábil y discreto. Cada frase de la monja contribuía poderosamente a vencer la resistencia de la cortesana. Luego, apartándose del asunto ya repetido, la monja hizo mención de varias fundaciones de su Orden; habló de la superiora, de sí misma, de la hermana San Sulpicio, su acompañante. Iban llamadas a El Havre para asistir a cientos de soldados con viruela. Detalló las miserias de tan cruel enfermedad, lamentándose de que, mientras inútilmente las retenía el capricho de un oficial prusiano, algunos franceses podían morir en el hospital, faltos de auxilio. Su especialidad fue siempre asistir al soldado; estuvo en Crimea, en Italia, en Austria, y al referir azares de la guerra, se mostraba de pronto como una hermana de la Caridad belicosa y entusiasta, sólo nacida para recoger heridos en lo más recio del combate; una especie de sor María Rataplán, cuyo rostro descarnado y descolorido era la imagen de las devastaciones de la guerra.

Cuando hubo terminado, el silencio de todos afirmó la oportunidad de sus palabras.

Después de cenar se fue cada cual a su alcoba, y al día siguiente no se reunieron hasta la hora del almuerzo.

La condesa propuso, mientras almorzaban, que debieran ir de paseo por la tarde. Y el conde, que llevaba del brazo a la muchacha en aquella excursión, se quedó rezagado.

Todo estaba convenido.

En tono paternal, franco y un poquito displicente, propio de un "hombre serio" que se dirige a un pobre ser, la llamó niña, con dulzura, desde su elevada posición social y su honradez indiscutible, y sin preámbulos se metió de lleno en el asunto.

–¿Prefiere vernos aquí víctimas del enemigo y expuestos a sus violencias, a las represalias que seguirían indudablemente a una derrota? ¿Lo prefiere usted a doblegarse a una... liberalidad muchas veces por usted consentida?

La muchacha callaba.

El conde insistía, razonable y atento, sin dejar de ser "el señor conde", muy galante con afabilidad, hasta con ternura si la frase lo exigía. Exaltó la importancia del servicio y el "imborrable agradecimiento". Después comenzó a tutearla alegremente:

—No seas tirana, permite al infeliz que se vanaglorie de haber gozado a una criatura como no debe haberla en su país.

La muchacha, sin despegar los labios, fue a reunirse con el grupo de señoras.

Ya en casa se retiró a su cuarto, sin comparecer ni a la hora de la comida. La esperaban con inquietud. ¿Qué decidiría?

Al presentarse Follenvie, dijo que la señorita Isabel se hallaba indispuesta, que no la esperasen. Todos aguzaron el oído. El conde se acercó al posadero y le preguntó en voz baja:

—¿Ya está?

—Sí.

Por decoro no preguntó más; hizo una mueca de satisfacción dedicada a sus acompañantes, que respiraron satisfechos, y se reflejó una retozona sonrisa en los rostros.

Loiseau no pudo contenerse:

—¡Caramba! Convido champaña para celebrarlo.

Y se le amargaron a la señora Loiseau aquellas alegrías cuando apareció Follenvie con cuatro botellas.

Mostrándose a cual más comunicativo y bullicioso, rebosaba en sus almas un goce fecundo. El conde advirtió que la señora Carré-Lamadon era muy apetecible, y el industrial tuvo frases insinuantes para la condesa. La conversación chisporroteaba, graciosa, perspicaz, jovial.

De pronto, Loiseau, con los ojos muy abiertos y los brazos en alto, gritó:

—¡Silencio!

Todos callaron estremecidos.

—¡Chist! —y arqueaba mucho las cejas para imponer atención.

Al poco rato dijo, con suma naturalidad.

—Tranquilícense. Todo va bien.

Pasado el susto, le rieron la gracia.

Luego repitió la broma:

—¡Chist!...

Y cada quince minutos insistía. Como si hablara con alguien del piso alto, daba consejos de doble sentido, producto de su ingenio de comisionista. Ponía de pronto la cara larga, y suspiraba al decir:

—¡Pobrecita!

O mascullaba una frase rabiosa:

—¡Prusiano asqueroso!

Cuando estaban distraídos, gritaban:

—¡No más! ¡No más!

Y como si reflexionase, añadía entre dientes:

—¡Con tal que volvamos a verla y no la haga morir, el miserable!

A pesar de ser aquellas bromas de gusto deplorable, divertían a los que las toleraban y a nadie indignaron, porque la indignación, como todo, es relativa y conforme al medio en que se produce. Y allí respiraban un aire infestado por todas las malicias impúdicas.

Al fin, hasta las damas hacían alusiones ingeniosas y discretas. Se había bebido mucho, y los ojos encandilados chisporroteaban. El conde, que hasta en sus abandonos conservaba su respetable apariencia, tuvo una graciosa oportunidad, comparando su goce al que pueden sentir los exploradores polares, bloqueados por el hielo, cuando ven abrirse un camino hacia el Sur.

Loiseau, alborotado, se levantó a brindar.

—¡Por nuestro rescate!

En pie, aclamaban todos, y hasta las monjitas, cediendo a la general alegría, humedecían sus labios en aquel vino espumoso que no habían probado jamás. Les pareció algo así como limonada gaseosa, pero más fino.

Loiseau advertía:

—¡Qué lástima! Si hubiera un piano podríamos bailar un rigodón.

Cornudet, que no había dicho ni media palabra, hizo un gesto desapacible. Parecía sumergido en pensamientos graves, y de cuando en cuando se estiraba las barbas con violencia, como si quisiera alargarlas más aún.

Hacia medianoche, al despedirse, Loiseau, que se tambaleaba, le dio un manotazo en la barriga, tartamudeando:

—¿No está usted satisfecho? ¿No se le ocurre decir nada?

Cornudet, erguido el rostro, como si quisiera retratarlos con una mirada terrible, respondió:

—Sí, por cierto. Se me ocurre decir a ustedes que han fraguado una canallada.

Se levantó y se fue repitiendo:

—¡Una canallada!

Era como un jarro de agua. Loiseau se quedó confundido; pero se repuso con rapidez, soltó la carcajada y exclamó:

—Están verdes, para usted... están verdes.

Como no le comprendían, explicó los "misterios del pasillo". Entonces rieron desaforadamente; parecían locos de júbilo. El conde y el señor Carré-Lamadon lloraban de tanto reír. ¡Qué historia! ¡Era increíble!

—Pero, ¿está usted seguro?

—¡Tan seguro! Como que lo vi.

—¿Y ella se negaba...?

—Por la proximidad... vergonzosa del prusiano.

—¿Es cierto?

—¡Ciertísimo! Pudiera jurarlo.

El conde se ahogaba de risa; el industrial tuvo que sujetarse con las manos el vientre, para no estallar.

Loiseau insistía:

-Y ahora comprenderán ustedes que no le divierta lo que pasa esta noche.

Reían sin fuerzas ya, fatigados, aturdidos.

Acabó la tertulia.

La señora Loiseau, que tenía el carácter como una ortiga, hizo notar a su marido, cuando se acostaban, que la señora Carré-Lamadon, "la muy fantasmona", rió de mala gana, porque pensando en lo de arriba se le pusieron los dientes largos.

—El uniforme las vuelve locas. Francés o prusiano, ¿qué más da? ¡Mientras haya galones! ¡Dios mío! ¡Es una vergüenza cómo está el mundo!

Y durante la noche resonaron continuamente, a lo largo del oscuro pasillo, estremecimientos, rumores tenues apenas perceptibles, roces de pies desnudos, alientos entrecortados y crujir de faldas. Ninguno durmió, y por debajo de todas las puertas asomaron, casi hasta el amanecer, pálidos reflejos de las velas.

El champaña suele producir tales consecuencias y, según dicen, da un sueño intranquilo.

Por la mañana, un claro sol de invierno hacía brillar la nieve deslumbradora.

La diligencia, ya enganchada, revivía para proseguir el viaje, mientras las palomas de blanco plumaje y ojos rosados, con las pupilas muy negras, picoteaban el estiércol, erguidas y oscilantes entre las patas de los caballos.

El mayoral, con su chamarra de piel, subido en el pescante, llenaba su pipa; los viajeros, ufanos, veían cómo les empaquetaban las provisiones para el resto del viaje.

Sólo faltaba Bola de Sebo, y al fin apareció.

Se presentó algo inquieta y avergonzada; cuando se detuvo para saludar a sus compañeros, se hubiera dicho que ninguno la veía, que ninguno reparaba en ella. El conde ofreció el brazo a su mujer para alejarla de un contacto impuro.

La muchacha quedó aturdida; pero sacando fuerzas de la debilidad, dirigió a la esposa del industrial un saludo humildemente pronunciado. La otra se limitó a una leve inclinación de cabeza, imperceptible casi, a la que siguió una mirada muy altiva, como de virtud que se rebela para rechazar una humillación que no perdona. Todos parecían violentados y despreciativos a la vez, como si la muchacha llevara una infección purulenta que pudiera comunicárseles.

Fueron acomodándose ya en la diligencia, y la muchacha entró después de todos para ocupar su asiento.

Como si no la conocieran. Pero la señora Loiseau la miraba de reojo, sobresaltada, y dijo a su marido:

—Menos mal que no estoy a su lado.

El coche comenzó a moverse. Proseguían el viaje.

Al principio nadie hablaba. Bola de Sebo no se atrevió a levantar los ojos. Sentíase a la vez indignada contra sus compañeros, arrepentida por haber cedido a sus peticiones y manchada por las caricias del prusiano, a cuyos brazos la empujaron todos hipócritamente.

Pronto la condesa, dirigiéndose a la señora Carré-Lamdon, puso fin al silencio angustioso:

—¿Conoce usted a la señora D' Etrelles?

—¡Vaya! Es amiga mía.

—¡Qué mujer tan agradable!

—Sí; es encantadora, excepcional. Todo lo hace bien: toca el piano, canta, dibuja, pinta... Una maravilla.

El industrial hablaba con el conde, y confundidas con el estrepitoso crujir de cristales, hierros y maderas, se oían algunas de sus palabras: "Cupón... Vencimiento... Prima... Plazo...".

Loiseau, que había escamoteado los naipes de la posada, engrasados por tres años de servicio sobre mesas nada limpias, comenzó a jugar a la báciga con su mujer.

Las monjitas, agarradas al grueso rosario pendiente de su cintura, hicieron la señal de la cruz, y de pronto sus labios, cada vez más presurosos, en un suave murmullo, parecían haberse lanzado a una carrera de oremus; de cuando en cuando besaban una medallita, se persignaban de nuevo y proseguían su especie de gruñir continuo y rápido.

Cornudet, inmóvil, reflexionaba.

Después de tres horas de camino, Loiseau, recogiendo las cartas, dijo:

—Hace hambre.

Y su mujer alcanzó un paquete atado con un bramante, del cual sacó un trozo de carne asada. Lo partió en rebanadas finas, con pulso firme, y ella y su marido comenzaron a comer tranquilamente.

—Un ejemplo digno de ser imitado —advirtió la condesa.

Y comenzó a desenvolver las provisiones preparadas para los dos matrimonios. Venían metidas en un cacharro indicando su contenido: un suculento pastelón de liebre, cuya carne sabrosa, hecha picadillo, estaba cruzada por collares de fina manteca y otras agradables añadiduras. Un buen pedazo de queso, liado en un papel de periódico, lucía la palabra "Sucesos" en una de sus caras.

Las monjitas comieron una longaniza que olía mucho a especias y Cornudet, sumergiendo ambas manos en los bolsillos de su gabán, sacó de uno de ellos cuatro huevos duros y del otro un pan. Limpió uno de los huevos, dejando caer en el suelo la cáscara y partículas de yema sobre sus barbas.

Bola de Sebo, en la turbación de su triste despertar, no había dispuesto ni pedido merienda, y exasperada, iracunda, veía cómo sus compañeros mascaban plácidamente. Al principio la crispó un arranque tumultuoso de cólera, y estuvo a punto de arrojar sobre aquellas gentes injurias que le venían a los labios; pero tanto era su desconsuelo, que su congoja no le permitió hablar.

Ninguno la miró ni se preocupó de su presencia; sentíase la infeliz sumergida en el desprecio de la turba honrada que la obligó a sacrificarse, y después la rechazó, como un objeto inservible y asqueroso. No pudo menos que recordar su hermosa cesta de provisiones devoradas por aquellas gentes; los dos pollos bañados en su propia gelatina, los pasteles y la fruta, y las cuatro botellas de burdeos. Pero sus furores cedieron de pronto, como una cuerda tirante que se rompe, y sintió deseos de llanto. Hizo esfuerzos terribles para contenerse; se irguió, tragó sus lágrimas como los niños, pero asomaron al fin a sus ojos y rodaron por sus mejillas. Una tras otra, cayeron lentamente, como las gotas de agua que se filtran a través de una piedra; y rebotaban en la curva oscilante de su pecho. Mirando a todos resuelta y valiente, pálido y rígido el rostro, se mantuvo erguida, con la esperanza de que no la vieran llorar.

Pero advertida la condesa, hizo al conde una señal. Se encogió de hombros el caballero, como si quisiera decir: "No es mía la culpa".

La señora Loiseau, con una sonrisita maliciosa y triunfante, susurró:

–Se avergüenza y llora.

Las monjitas reanudaron su rezo después de envolver en papel el sobrante de longaniza.

Y entonces Cornudet –que digería los cuatro huevos duros– estiró sus largas piernas bajo el asiento delantero, se reclinó, cruzó los brazos, y sonriente, como un hombre que acierta con una broma pesada, comenzó a canturrear "La Marsellesa".

En todos los rostros pudo advertirse que no era el himno revolucionario del gusto de los viajeros. Nerviosos, desconcertados, intranquilos, se removían, manoteaban; ya solamente les faltó aullar como los perros al oír un organillo.

Y el demócrata, en vez de callarse, amenizó la burla añadiendo a la música su letra:

Patrio amor que a los hombres encanta,
conduce nuestros brazos vengadores;
libertada, libertad sacrosanta,
combate por tus fieles defensores.

Avanzaba mucho la diligencia sobre la nieve ya endurecida, y hasta Dieppe, durante las eternas horas de aquel viaje, sobre los pozos del camino, bajo el cielo pálido y triste del anochecer, en la oscuridad lóbrega del coche, proseguía con una obstinación rabiosa el canturreo vengativo y monótono, obligando a sus irascibles oyentes a rimar sus crispaciones con la medida y los compases del odioso cántico.

Y Bola de Sebo lloraba sin cesar; a veces el sollozo, que no podía contener, se mezclaba con las estrofas del himno entre las tinieblas de la noche.

Índice